Bibliografische Information der Deutschen National-Bibliothek

Die Deutsche Nationalbibliothek verzeichnet diese Publikation in der Deutschen Nationalbibliografie; detaillierte bibliografische Daten sind im Internet über http://dnd.d-nb.de abrufbar.

ISBN: 9783837088892

Herstellung und Verlag:
Books on Demand GmbH, Norderstedt

"TSUNAMI"

von

Ralf Dopieralla

„Spaghetti alla Rabiata"

Immer wieder las Robert Manderscheidt kopfschüttelnd denselben langatmigen Abschnitt des Berichtes eines Hauptkommissars Beck des BKA, der in einem roten Schnellhefter aus Pappe steckte und mit schwarzen Edding >> Moslemische Extremisten – Streng Geheim << beschriftet war, doch er wurde damit einfach nicht besser.

Er musste daran denken wie uneffektiv und teilweise unsinnig diese Berichte waren. Aus seiner Zeit beim BKA wusste er, dass es extrem schwierig war Angehörige moslemischer Terrorzellen als V-Leute zu gewinnen oder gar eigene verdeckte Ermittler dort einzuschleusen. So blieb den Beamten nur die reine Observation, die einen tatsächlichen Einblick in diese Organisationen nicht zuließ.

Wieder kam in ihm dieses bekannte Gefühl der lähmenden Ohnmacht auf doch nicht präventiv im Vorfeld der Aktivitäten dieser Organisationen tätig werden zu können. Er wusste das viele seiner Kollegen dieses Gefühl teilten oder zumindest kannten, wobei dieses Thema immer ein unausgesprochenes bleiben würde, ähnlich wie die hohen Scheidungsraten im Dienst.

Themen die zwar immer gegenwärtig waren aber stille Begleiter bleiben sollten. Als seine rechte Hand in alter Gewohnheit über sein Kinn fuhr, machte das kratzende Geräusche seines Dreitagebarts ihm bewusst, dass es wieder einmal später Abend geworden war. Eigentlich mochte er die Zeit nach 17 Uhr, wenn die meisten Büros verwaist waren, konnte er doch dann jenseits der Einsatzbesprechungen und den klingelnden Telefonen sowie dem E-Mail Terror in Ruhe seine tatsächlichen Aufgaben erledigen. Als sein flüchtiger Blick auf die hässliche grüne Plastikwanduhr mit dem Aufdruck der Gewerkschaft der Polizei fiel, realisierte er, das es wieder einmal später als 20 Uhr geworden war und er nun seinen mit Bleistift während des Frühstücks flüchtig gekritzelten Einkaufszettel vergessen konnte. >> Die permanenten teuren Noteinkäufe im Shop der benachbarten Aral Tankstelle müssen aufhören << dachte er, denn diese waren bis auf den möglichen flüchtigen Flirt mit den attraktiven studentischen Aushilfen keine Dauerlösung, das war ihm spätestens nach den letzten Kontoauszügen klar geworden. Während er seine schwarze, etwas abgegriffene Lederjacke anzog, dachte er >> heute ist Dienstag, da kann ich zu Enzos gehen. <<

Die alte schwarze Lederjacke die er so mochte, hatte er sie doch gemeinsam mit seiner Exfrau Heidrun auf einem Berliner Flohmarkt gekauft, anlässlich einer der wenigen glücklichen Augenblicke ihrer Beziehung.

Schnell versuchte er sich mit dem Gedanken an einen Teller würzig duftender Spaghetti alla Rabiata abzulenken, die er sich gleich gönnen wollte. Beim hinausgehen begegnete ihm auf dem langen, steril eingerichteten Büroflur in Höhe des Kopiergerätes der bleichgesichtige Günter Lorenz, einer der Analysten aus dem 3. Stock, der in Erbsenzählerpose und im karierten Pullunder irgendwelche Exposes vervielfältigte. >> Schön, das ich im Außendienst bin << dachte er im vorbeigehen, leise in sich hineingrinsend, um sich wieder selber motivieren.

Als er das bewusst unscheinbar gewählte graue dreistöckige Bürogebäude, offiziell handelte es sich um einen Zweigbüro des Außenministeriums, im Berliner Stadtteil Wedding verließ, schlug ihm der frische Ostwind unvorbereitet hart ins Gesicht. >> Berlin im September ist für mich als Rheinländer ein Albtraum << dachte er leicht frierend als er den Kragen der Lederjacke im Nacken hochschlug um dann mit kräftigen schnellen Schritten in dem U-

Bahneingang zu verschwinden. Trotz der fortgeschrittenen Tageszeit fiel Robert Manderscheidt in der geschäftig umherlaufenden Menschenmenge nicht auf, was sicherlich ein Grund dafür war, das der BND Orte wie diesen für seine Aktivitäten auswählte. Nach einer kurzen Fahrt mit dem effektivsten Verkehrsmittel in Berlin verließ Robert die U-Bahnstation in der neuen und alten Stadtmitte. Gerade als er in die Strasse in der Enzos Restaurant lag bog, vibrierte sein Handy in der rechten Innentasche der Lederjacke. Als er die leuchtende Gesprächstaste drückte meldete sich parallel sein Magen mit einem mittleren Hungergefühl.

>> Hallo Robert, hier ist Paul Ingmer. <<

Den Kriminalbeamten Paul Ingmer der in Berlin Kreuzberg arbeitete hatte Robert auf einem Fortbildungsseminar für Geiselnahme-Taktiken in Goslar kennen gelernt als Robert noch beim BKA war. >> Robert ich rufe dich an, weil wir in einem illegalen türkischen Spielcasino in Kreuzberg einen jungen Araber ohne Papiere festgenommen haben, den du dir unbedingt ansehen solltest. Mein Bauch sagt mir dass mit dem etwas nicht stimmt! << Robert dachte kurz an den duftenden Teller Spaghetti alla Rabiata und sein Magen machte dabei ein kurzes knurrendes

Geräusch.

>> Paul... bist du sicher das ich kommen soll? << Bereits als er den Satz ausgesprochen hatte sagte ihm sein Verstand das Paul, ein unglaublich guter Kriminalist, nicht anrufen würde wenn an diesem Mann nichts außergewöhnlich oder besonders wäre.

>> Ich halte den Mann fest und lasse ihn erst nach deinem Besuch in die JVA Moabit überstellen. << Robert brummte ein kurzes >> ok << in das Handy und während er das Handy in seine Jacke verschwinden ließ wechselte er bereits die Richtung zurück zur U-Bahnstation aus der er gerade erst gekommen war.

Eine halbe Stunde später saß er dann in dem mit hässlichen braunen Holzmöbeln aus der frühen Nachkriegszeit ausgestattetem Büro von Paul Ingmer, das bereits vor Jahren hätte renoviert werden sollen. >> Kann ich dir einen Kaffee anbieten Robert? << Robert winkte ab, machte ihm sein Hunger doch bereits Ärger genug und weil er den furchtbaren Kaffee in deutschen Büros nicht mochte. >> Wir haben um 17 Uhr eine Razzia in einem kleinen illegalen Spielclub durchgeführt. Wir hatten da einen Tipp bekommen. Als wir den Laden gestürmt haben saß an einem der Tische ein Araber ohne Papiere den wir zur Feststellung der Person mitgenommen haben << Robert zog die Mundwinkel nach unten und erkannte immer noch nicht was daran so interessant sein sollte? >> Ich habe einen Kollegen mit türkischer Migrationsgeschichte aus meinem Kommissariat den Mann in türkischer Sprache verhören lassen, aber der Kollege berichtete mir, dass dieser Typ erstens kein Türke sei und zweitens merkwürdig verschlossen einem Glaubensbruder gegenüber wäre, obwohl sicher arabischer Herkunft. <<

Paul berichtet dann, dass er den Verdächtigen erkennungsdienstlich aufnehmen lassen hatte. >> Das gewohnte Programm, Fotos und Fingerabdrücke. << Die Kriminalbeamten hatten danach routinemäßig eine Anfrage beim BKA und bei INTERPOL gestartet, auf die zunächst keine Antwort kam, berichtete Paul weiter.

>> So gegen 19 Uhr tickerte aus dem Faxgerät eine Nachricht von INTERPOL dass der Araber in Marokko wegen Autodiebstahl und Drogenbesitz gesucht würde.

Zunächst dachte ich, wieder so ein illegaler Kleinkrimineller. Bei der Leibesvisitation haben wir dann einen Hotelschlüssel gefunden, der uns zu einem

Zimmer in einer Kreuzberger Absteige geführt hat. Die beiden Beamten die ich geschickt hatte, haben außer ein paar Habseligkeiten einen gefälschten französischen Reisepass auf den Namen Mohamed Alba und einen gefälschten iranischen Pass auf den Namen Mehmet El Azir gefunden. Welcher illegale Einwanderer, der kaum Bargeld bei sich hatte und dessen wertvollster Besitz in einen kleinen braunen Koffer passt, kann sich so gut gefälschte Ausweise leisten? << Während er dies aussprach, legte Paul die zwei gefälschten Ausweispapiere vor Robert hin. Robert nahm diese in die Hand und tatsächlich, er hatte selten so gut gemachte Fälschungen in der Hand, die selbst einer kritischen Prüfung standhalten konnten. >> Solche Papiere kosten auch in Paris oder Teheran mindestens € 5.000,-- das Stück. Ich möchte ihn unbemerkt sehen << Paul führte Robert in einen sehr engen stickigen Raum, dessen linke Wand aus einem speziell beschichtetem Spiegel bestand, der normalerweise für diskrete Gegenüberstellungen genutzt wurde. Nach einigen Minuten brachte ein uniformierter Beamter den ca. 30 J alten Araber in den Nebenraum. Der Mann wirkte leicht angespannt, aber schien äußerlich gefasst zu sein. Die Kleidung des Arabers konnte europäischen Ursprungs sein, nicht teuer aber sauber und gepflegt. Er trug einen dunkelblauen einreihigen Anzug, ein offenes weißes Hemd und braune Halbschuhe. >> Du siehst eigentlich nicht aus wie ein Illegaler Einwanderer << dachte Robert, als er instinktiv anfing durch die falschen Papiere zu blättern. In dem französischen Reisepass vielem ihm mehrere bunte Ein- und Ausreisestempel sowie Visa auf, die auf mehrere Aufenthalte in Tschetschenien und in Pakistan in den letzten 3 Jahren hinwiesen. Robert erinnerte sich an mehrere interne Berichte des BND nachdem viele al-Qaida Terroristen auch in Tschetschenien an der Seite der Rebellen gekämpft haben. >> Es könnte etwas an Pauls Verdacht dran sein << dachte Robert. Er nahm sein Handy aus der Tasche und rief die Nummer der BND Bereitschaft an. Er erklärte wo er war und das er sofort ein möglichst neutrales Auto für eine Observation bräuchte. 25 Minuten später übergab ihm einer der Bereitschaftsbeamte den Schlüssel für einen hellgrauen VW Golf mit Berliner Kennzeichen. In der Zwischenzeit hatte Robert Paul gebeten die Freilassung des Arabers zu veranlassen bzw. den türkisch stämmigen Kollegen erklären zu lassen das er freigelassen würde, da gegen ihn in Deutschland nichts vorliegen würde. Dem Araber wurden seine persönlichen Sachen dabei wieder ausgehändigt und der türkisch stämmige Kollege verzögerte sehr geschickt durch allerlei Papierkram die Herausgabe, so wie Robert es angewiesen hatte. Robert hoffte, dass der Araber glaubte einen Zeitvorsprung zu erreichen in der Hoffnung dass der Austausch der internationalen Ermittlungsdaten erst morgen früh Ergebnisse bringen würde. Um 22:45 Uhr verließ der Araber, dessen tatsächlicher Name nie geklärt werden sollte, die Polizeiwache um möglichst schnell im Dunkel der Großstadt zu verschwinden.

>> Diese dummen ungläubigen Hunde von der unfähigen deutschen Polizei << lachte der Araber in sich hinein, als er zwei Strassen weiter in eine öffentliche Telefonzelle ging. Ungefähr 150 m hinter ihm folgte ein hellgrauer VW Golf, ohne dass er jemandem auffiel.

Langsam, mit flachen Händen im Dunkeln des Raumes tastend, suchte Jamal Zoughami das Telefon, er war gegen 23:03 Uhr in Tanger durch das Klingeln des Telefon aus einem erotischen Traum geweckt worden, in dem er wie ein Großvisier in weichen großen Kissen liegend, von zwei unglaublich schönen brünetten Grazien verwöhnt wurde >> so wie es ein Mann der bereit war als Märtyrer zu sterben verdient hatte << dachte er. Er meldete sich mit einem einfachen brummen. Auf der anderen Seite der Leitung wurden auf Arabisch einige vereinbarte Codewörter in bestimmter Reihenfolge gesprochen, allesamt Koranzitate in denen Mohamed der Prophet gelobt wurde. Jamal gab durch entsprechende Antworten zu verstehen dass er frei sprechen konnte. >> So Gott will, werde ich noch heute aus Deutschland abreisen...ich werde morgen Abend am vereinbarten Treffpunkt in Gibraltar sein. Die Geschenke habe ich besorgt und bringe sie mit <<.

Als Jamal auflegte, durchfuhr ihn ein wohliger Schauer. Zum einen, weil der Anrufer jemand war den er persönlich für den Dschihad ausgebildet hatte und der gemeinsam mit ihm als Mitglied der al-Nahda der früheren tunesischen Terrorzelle in Afghanistan und Tschetschenien gegen die Ungläubigen gekämpft hatte sowie auf der Insel Djerba ein Aufsehen erregendes Attentat erfolgreich durchführen konnte und zum anderen, da er sich für diesen Mann persönlich verbürgt hatte, mit allen Konsequenzen die das innerhalb der al-Qaida bedeuten konnte, wenn er versagt hätte.

Es erfüllte ihn mit einem unbändigen Stolz, das der hohe Rat der al-Qaida ihn persönlich mit dieser unglaublichen und großen Aufgabe betraut hatte. Zusätzlich kam dazu, dass nur er und natürlich seine Auftraggeber wussten, was das tatsächliche letztendliche Ziel dieser einzelnen Teilschritte war.

>> Ich werde als der größte Märtyrer dieses Jahrhunderts in die Geschichte eingehen. Als derjenige, der diesen feigen ungläubigen Bastards in Amerika zeigt, wie hart und ohne eine Vorwarnung die Faust Allahs zuschlagen kann. <<

Jamal wusste das ihr Vorhaben, wenn es erfolgreich wäre, die Anschläge vom neunten September in New York bei weitem in den Schatten stellen würde.

Als er sich hinlegte, war er leicht erregt und er hoffte dieses Gefühl mit zurück in seinen Traum nehmen zu können.

Robert hatte den hellgrauen Golf in der Nähe einer Kreuzung, ungefähr 200 m von der Telefonzelle entfernt, gut durch parkende Fahrzeuge getarnt, geparkt. Er konnte den jungen Araber nur vage durch das leicht beschlagene Glas der Telefonzelle, das nun wie Milchglas aussah, erkennen. Er war sich nun nicht mehr sicher, ob es richtig war nicht ein größeres Team auf den Fall anzusetzen.

>> Eine Telefonüberwachungseinheit wäre jetzt eine feine Sache << murmelte er vor sich hin. Aber die Möglichkeit, dass sich alles nur als die übliche Kleinkriminalität herausstellen könnte ließ ihn zunächst abwarten.

>> Ich wüsste ja zu gerne wen der gerade anruft um diese Zeit? << grummelte er weiter. Als der junge Araber die Telefonzelle verließ und in Richtung der nächsten U-Bahnstation verschwand, hatte Robert Mühe diesem unerkannt zu Fuß zu folgen. Robert verfluchte sich, weil er die Observation eigentlich unmöglich unerkannt alleine durchführen konnte. Er hoffte allerdings, dass ihm die Anonymität der nächtlichen Großstadt dabei helfen würde. Der Zug war mit vielen gut gelaunten jungen Menschen besetzt, die den bunten glitzernden Lichtern der europäischen Metropole der Underground-Musikclubs folgten, so dass Robert keine große Mühe hatte sich in einem Waggon dahinter unerkannt zu setzen. Durch die Scheiben der Wagontüren konnte er mühelos in den anderen Wagen hineinsehen.

Als der Araber den Zug in Kreuzberg verließ und im zugigen Treppenaufgang des Ausgangs verschwand, tauchte Robert aus dem toten Winkel eines Bahnsteigkiosks auf, in dem er sich aufgehalten hatte um zu sehen in welcher Richtung der Verdächtige den U-Bahnhof verließ. Jetzt war sich Robert ziemlich sicher, dass der Araber genau auf dem Weg zu dem illegalen Spielclub war, von dem Paul ihm heute wegen der Razzia berichtet hatte. Robert ging ruhig, aber zügig, zu den wartenden Taxis und wählte bewusst einen kleinen Umweg, der ihn aber dennoch schnell genug zu der Adresse des illegalen Spielclubs in Kreuzberg brachte.

Nach 10 Minuten Fahrt hielt das beige Taxi in der Nähe der besagten Adresse, ungefähr 10 Häuser weiter als der Standort des Clubs. Robert verschwand in einem Hauseingang und prüfte zunächst die Lage. Als von dem Araber nichts zu sehen war, ging er zügig auf die Anschrift zu, um dann 3 Häuser entfernt auf der gegenüber liegenden Straßenseite in einem Torbogen zu verschwinden, der zu seiner großen Freude auf Grund einer defekten Straßenlaterne sehr schlecht ausgeleuchtet wurde. >> Manchmal sind die chronisch leeren Berliner Senatskassen auch von Vorteil << schmunzelte er in sich hinein.

Kurz darauf bog der Araber um die Straßenecke und lief an ihm so dicht vorbei, dass Robert für einen

Augenblick dachte dass die Observation auffliegen würde. Doch die defekte Laterne und die Tatsache dass Robert sich professionell und sehr ruhig verhielt sowie die Eile des leicht frierenden Arabers ließen ihn unerkannt bleiben. >> Das kommt davon wenn man in Berlin im September ohne Mantel herumläuft << dachte Robert, dem nun selber ein wenig kalt war.

Der Araber wechselte zwischen den dicht geparkten Autos die Straßenseite und klopfte an die Tür des als Kultur- und Begegnungsstätte getarnten Spielclubs. Ein offensichtlich türkisch stämmiger Riese, der eine Hertha Fanjacke trug, auf der nachträglich die Türkeiflagge auf dem linken Oberarm aufgenäht wurde, machte auf und musterte den Araber misstrauisch um sich dann links und rechts auf der Strasse umzusehen. Danach verschwanden beide im Nebel der filterlosen Zigaretten.

Nachdem der junge Araber einen schwarzen Tee bestellt hatte, ging er direkt zur Herrentoilette auf der ein ihm unbekannter Mittelsmann aus Berlin hinter einer losen schäbigen braunen Holzdeckenverkleidung, die auf Grund des erbärmlichen Zustands der sanitären Einrichtung während der Polizeirazzia nicht weiter aufgefallen war, ein fest in braunes Packpapier und Kordel geschnürtes ca. 10 x 5 cm großes Paket verstaut hatte.

Auf dem Paket klebte ein Autoschlüssel der mit Scotch-Klebeband befestigt war. Der junge Krieger Allahs stieg auf zwei Bierkisten die er vorher im Flur mitgenommen hatte und tastete nach dem Paket in der Decke. Den Eingang zur Toilette hatte er zuvor mit einem kleinen Holzkeil blockiert, der vorher am Kellereingang zum Bierkeller des Lokals gelegen hatte. Als er von seinem recht unsicheren Tritt hinabgestiegen war, setzte er sich in eine der beiden schmutzigen Toilettenkabinen, nachdem er zuvor den Holzkeil wieder entfernt hatte. Mit Schaudern dachte er an seine unangenehme Überraschung zurück, als die Polizeibeamten das Lokal am späten Nachmittag stürmten. Er war nur froh dass er zu diesem Zeitpunkt das Paket noch nicht übernommen hatte, da zu viele unerwünschte Zeugen regelmäßig dem übermäßigen Tee und Mokkakonsum auf der Toilette Tribut zollen mussten. Er erinnerte sich daran, wie Jamal Zouhgami ihn wieder und wieder geimpft hatte das Paket um jeden Preis unerkannt nach Gibraltar zu bringen. >> Und wenn es dein Leben kostet Abibi << hörte er selbst jetzt noch die sonore Stimme seines Kriegskameraden, dem er blind ver-

17

traute aber den er auch wegen seiner unglaublichen Wutausbrüche so sehr fürchtete.

Für einen sehr kurzen Moment war er versucht nachzuschauen was in dem Paket war, aber seine Vernunft siegte sofort über seine Neugierde. Nachdem er einen mit weißem Klebeband auf dem Paket fixierten Autoschlüssel entfernt hatte, konnte er auf dem Klebeband eine mit Kugelschreiber in arabischer Schrift notierte Berliner Adresse lesen. Er sicherte das Paket mit Hilfe seines Gürtels unter dem Jackett. Dann entschied sich der Araber sein Glück nicht allzu sehr herauszufordern und deshalb nicht mehr ins Hotel zurückzukehren. Den Tee, der nur noch lauwarm war und der in einem schmutzigen Glas serviert wurde hatte er hastig getrunken und nun zahlte er eilig, um das Lokal darauf zu verlassen. Als er den Gehsteig wieder betrat erstarrte auf der anderen Straßenseite augenblicklich der Schatten der ihm bereits den ganzen Abend unerkannt folgte.

>> Hoffentlich hört er nicht meinen Magen knurren << dachte Robert, als er nach ein paar Minuten warten die Verfolgung des Mannes aufnahm. Dieser lief geradewegs wieder in Richtung der U-Bahnstation. Robert hasste es mit so leerem Magen zu joggen,

aber er wollte trotz bewusstem Umweg unbedingt vor dem Araber in der U-Bahnstation sein. Auf halber Strecke war im klar, das nicht nur seine 41 Jahre, sondern auch seine 105 kg bei 191 cm Körpergröße, langsam ein Problem darstellten. Wie so oft schwor er sich selber bald mit dem regelmäßigen laufen wieder anzufangen. >> Das ist wie mit deinen Diäten, die haben alle den gleichen Fehler. Sie fangen immer Morgen an <<.

Sein Sarkasmus half ihm den Rest der Strecke in einer halbwegs akzeptablen Zeit zurückzulegen.

In der U-Bahnstation keuchend angekommen suchte Robert sofort den Schatten des Kiosks auf um die Ankunft des Arabers zu erwarten. Tatsächlich, nach gut 5 Minuten warten erreichte auch der Araber den U-Bahnhof und studierte aufmerksam einen Berliner Stadtplan der in einem Aluminiumrahmen an der Wand hing, weil er offensichtlich eine Adresse suchte. Danach informierte sich der Verdächtige mit Hilfe des daneben hängenden U-Bahn Plans über die beste Möglichkeit zu dieser Adresse zu gelangen, was ihm etwas schwer viel, da einige Sprayer einfallslose aber dafür umso buntere Graffitis dort platziert hatten.

Wieder setzte sich Robert einen Waggon hinter den

Araber. Er nutzte die Gelegenheit per Handy mit der Bereitschaft des BND Kontakt aufzunehmen um den Wachhabenden aufzufordern ein weiteres Auto bereitzuhalten. Der Wachhabende machte keinen Hehl daraus, dass er eigentlich keine Lust hatte ständig zu so einer unchristlichen Zeit mehrere Autos durch Berlin zu fahren. Robert ging über die Gefühlswelt dieses Innendienstlers wie immer hinweg und gab die Fahrtrichtung durch, denn der Zug fuhr in Richtung Charlottenburg. Als der Verdächtige die U-Bahnstation verließ bemerkte er nicht den dunkelblauen 3-er BMW, der in der Nähe des Eingangs wartete. Robert tauschte mit dem Fahrer nur Papiere und Schlüssel des VW Golf mit dem Hinweis wo dieser zu finden war. Als er danach die Verfolgung des Arabers aufnahm lief der Innendienstmitarbeiter in die U-Bahn Station zurück, dabei leise Flüche über diese arroganten Außendienstler ausstoßend.

Nach 500 m ging der Araber um einen schwarzen älteren 190-er Mercedes mit Hamburger Kennzeichen herum, bevor er ihn aufschloss. Robert notierte das Kennzeichen um dieses später überprüfen zu lassen, wunderte sich aber bereits, wo der Araber den Autoschlüssel her hatte, denn bei seiner Leibesvisitation in Pauls Kommissariat hatte kein Autoschlüssel auf der Liste der persönlichen Gegenstände gestanden. Offensichtlich hatte der Araber in dem illegalen Spielclub den Schlüssel übernommen.

Der Verkehr lief ruhig um diese Uhrzeit, so dass der Araber keine Mühe hatte sehr zügig in Richtung der Autobahn zu fahren. Robert hatte einiges zu tun dem schwarzen Mercedes unerkannt zu folgen. Der Krieger Allahs verließ Berlin in südlicher Richtung.

Jamal Zouhgami erwachte mit einem ohnmächtigen Gefühl der inneren Aggression. Leider konnte er nach dem nächtlichen Anruf nicht mehr in seinen Traum einsteigen, was ihn richtig wütend machte. Nach einem hastigen Frühstück mit schwarzem Kaffee zog er sich an um sich in einem dunkelroten und sehr rostigen Renault 4 auf den Weg zur Fähre zu machen. >> Wenn alles gut läuft, werden heute Abend aus verschiedenen Richtungen die Sendboten Mohameds wie Kinder zu ihrem Vater kommen, damit ich das Schwert Allahs im Kampf gegen die Ungläubigen schärfen kann. << Nochmals, wie bereits viermal vorher an diesem Morgen, kontrollierte er die Unterlagen die er stets, in einer braunen Ledertasche, bei sich trug. Zum einen, die genauen Pläne und Karten der Insel La Palma - auf den ers-

ten Blick einfache Touristenunterlagen - zum anderen, die aus Pauspapier gefertigten Markierungen
der genauen Sprengstellen, die erst Sinn ergaben
wenn man sie in einer bestimmten Stellung parallel
auf die Landkarte legte sowie vier weiße verschlos-
sene Briefumschläge. Auf dieser Karte waren ebenfalls die besten Landungsstellen für kleine schnelle
Boote markiert. Die Überfahrt nach Spanien verlief
ohne Zwischenfälle. Am Fähranleger in Spanien
übernahm Jamal gegen Mittag einen silbergrauen
Peugeot 407 den ein Marokkaner, der nur wusste
dass er ein Auto parken sollte, einen Tag zuvor dort
platziert hatte. Der Schlüssel klebte mittels schwarzen Klebebands, wie vereinbart, im vorderen Radkasten der Beifahrerseite. Als Jamal sein Gepäck im
Kofferraum des Fahrzeugs unterbrachte staunte er
über den rot weiß roten Werbeaufkleber links unten
auf der Heckscheibe auf dem in großen schwarzen
Buchstaben sehr plakativ stand >> Come to Marlbo-
ro Country. << Am frühen Nachmittag erreichte er als
erster den vereinbarten Treffpunkt in Gibraltar, einen
kleinen schäbigen ehemaligen Hühnerhof, der 850 m
von der eigentlichen Hauptstraße entfernt auf einer
leichten Anhöhe mitten in einem Pinienhain lag und
auf Grund einer zweiten Zufahrt über einen steinigen

Feldweg eine weitere Fluchtmöglichkeit, bei Bedarf, ermöglichte. Das Grundstück war vom Hauptgebäude aus gut einzusehen und der eigentliche Innenhof war durch einen blickdichten Zaun aus rostigen, vormals hellgrauen Stahltrapezblechen gesichert. Ursprünglich eigentlich um das Federvieh von der Flucht abzuhalten. Ein 200 m langer beschwerlicher Fußweg, der die steilen Klippen hinab führte direkt an einen kleinen, in einer windgeschützten Bucht liegenden, Holzpier. Dort lag seit Tagen, gut verzurrt, eine Viking 45 Motoryacht mit Kajüte. Jamal kontrollierte alle Räume und wichtigen Einrichtungen im Haupthaus und schaltete danach in einem windschiefen Holzverschlag den Dieselgenerator an, der eine netzunabhängige Stromversorgung sicherstellte. Nachdem er den alten gusseisernen Holzofen in der Küche angefeuert hatte setzte er Wasser in einem leicht verbeulten Stahlkessel auf um einen schwarzen Tee zu kochen. Er kontrollierte abermals den Inhalt der braunen Ledertasche um beruhigt festzustellen dass sich alles an seinem Platz befand. Danach brauchte er zunächst nur noch zu warten.

Gegen 05:30 Uhr hatte der Araber an einer Autobahnraststätte, in mitten der teilweise schlafenden

Urlauber und Trucker, gehalten und sich nach seiner Ankunft auf die Toilette begeben und danach sofort im Auto schlafen gelegt. Robert nutze die Zeit um seinen Standort telefonisch durchzugeben und den BMW zu tanken.

Bei der anschließenden Abfrage des Kennzeichens des Mercedes gab es das erwartete Ergebnis, dass der Wagen vor 6 Tagen in Hamburg als gestohlen gemeldet wurde. Nach und nach setzten sich für ihn weiter Puzzleteile zusammen.

An der Tankstelle kaufte er ein paar salzige Kräcker und Cola um wach zu bleiben. Ich darf nicht einschlafen. << Als er die Kräckerverpackung aus rotem Karton aufriss und mit großem Heißhunger einige sofort gierig aß musste er zum einen an die entgangene Mahlzeit bei seinem Lieblingsitaliener denken und daran wie sich wohl die normalen Bürger das Leben eines Geheimagenten vorstellten. Das trostlose Bild das er zurzeit abgab passte so wenig zu dem Klischee eines Doppelnullagenten aus dem Kino.

Robert war klar, dass er bald entscheiden musste weitere Kollegen in den Fall einzuschalten, eine dauerhafte Observation des sehr mobilen Arabers ohne Schlaf und ordentliche Nahrung war ohne Ablösung unmöglich. Trotzdem entschied er sich die

Zahl derjenigen die er in der Ermittlung einbeziehen wollte begrenzt zu halten. Auf Grund der Fahrtrichtung Karlsruhe kombinierte Robert das der Araber entweder auf dem Weg nach Basel oder in den Süden Europas wahr. Jahrelange Erfahrung bei Observationen hatten Robert in die Lage versetzt für ein bis zwei Stunden in eine Art Halbschlaf zu verfallen in dem sich sein Körper nur ein wenig ausruhen konnte er aber das Objekt der Observation nie aus dem Auge verlor.

>> Gaby Körner ist die richtige die ich morgen früh in der Zentrale in Pullach anrufen kann << schoss es ihm durch den Kopf. Die ranghohe leitende Beamtin in der BND Zentrale in Pullach hatte Robert damals vom BKA zum BND gebracht und ihn teilweise ausgebildet. Sie war eine der wenigen Frauen die Robert wirklich zu verstehen glaubte und beide verband eine sehr tiefe Sympathie, weit über das Frau und Mann sein hinaus.

Robert nutze die Gelegenheit sein Handy mittels des Zigarettenanzünders wieder aufzuladen um für den nächsten Tag präpariert zu sein. Das Ladegerät hatte der Innendienstkollege wie angewiesen auf dem Rücksitz gelegt. Ein leichter Schauer durchfuhr ihn als im Radio von der Rockgruppe Police „Every

Breath you take" gespielt wurde, ein Lied das ihn jedes Mal an die schönen Tage mit seiner Exfrau Heidrun erinnerte. Seine Gedanken verloren sich in den Erinnerungen an ihre zerbrochene Beziehung und an seine nun schon 6-jährige Tochter Klara, die er viel zu wenig sah. In Momenten wie diesen wünschte er sich nichts sehnlicher als körperliche Nähe, doch er wusste instinktiv dass der für ihn bestimmte Platz im Leben ein anderer sein sollte. Plötzlich riss eine Beobachtung Robert aus seiner Melancholie. Ein silber- und blaufarbener Mercedes Streifenwagen der Autobahnpolizei fuhr anlässlich einer Routinestreife im Schritttempo über den Rastplatz. Robert hoffte, dass die Beamten das Kennzeichen des Arabers nicht überprüften. Als die Beamten sehr dicht an den schwarzen 190-er Mercedes fuhren, hatte Robert bereits die Hand am Türgriff um ggf. die Beamten von dem Fahrzeug des schlafenden Arabers wegzulotsen. Doch die Beamten hielten bei einem polnischen Lastwagen und kontrollierten die Papiere des Fahrers. Einen Strafzettel wegen Überschreitung der gesetzlichen Lenkzeiten später beschleunigte der Streifenwagen wieder.

>> Das hätte mir gerade noch gefehlt, eine Routine-kontrolle lässt meine Observation platzen << dachte

Robert um sich dann wieder ganz den Kräckern zu widmen. Sting sang den letzten Refrain eines seiner Lieblingslieder.

Mit einem leicht verspannten Nacken und einem pelzigen Geschmack auf der Zunge erwachte der junge Araber um 07:30 Uhr durch den zunehmenden lärmenden Verkehr auf der Raststätte im Wagen. Er streckte seine Glieder und ging danach in die Trucker-Waschräume um sich flüchtig zu waschen. >> Ich darf nicht wie ein Clochard ausschauen << dachte er, als er in den schmutzigen Spiegel schaute, sonst wird vielleicht ein übereifriger Polizist oder Zöllner auf mich aufmerksam. Im Auto aß er ein Brötchen und trank eine Cola die er auf der Autobahnraststätte gekauft hatte. Danach lenkte er den Wagen die 50 m zurück zur Tankstelle um zu tanken. Er kontrollierte sorgfältig den Ölstand und das Kühlwasser sowie den Luftdruck der Pneus, wie er es gelernt hatte, um nicht den Zeitplan durch eine mögliche Autopanne zu gefährden. Als er kurz darauf wieder auf die Autobahn auffuhr, bemerkte er den dunkelblauen 3-er BMW nicht, der ihm geschickt zwischen zwei LKW und im sicheren Abstand, ebenfalls auf die Autobahn gefolgt war. Nach 2 1/2 Stunden zügiger Fahrt hatte er auch keine Chance den schnellen Fahrzeugwechsel Roberts auf einem kleinen Parkplatz zu verfolgen während dessen die Observation durch einen weißen Opel Omega mit Münchener Kennzeichen übernommen wurde. Nachdem Robert mit seinem neuen Fahrzeug, einem hellblauen VW Passat Variant TDI, wieder auf den Mercedes aufgeschlossen hatte, ließ sich der Opel Omega vereinbarungsgemäß wieder zurückfallen um dann an der nächsten Ausfahrt die Autobahn zu verlassen. Robert bedankte sich per Handyanruf bei Gaby Körner für die schnelle und unbürokratische Hilfe bei der Beschaffung eines neuen Fahrzeug sowie der Hilfestellung der beiden Kollegen im Opel aus der Abteilung von ihr. Robert musste Gaby versprechen regelmäßig täglich telefonisch Kontakt aufzunehmen um zu berichten. >>Das ihr dabei fast wie einer Mutter auch die Sicherheit von Robert am Herzen lag machte sie noch sympathischer in diesem harten Geschäft << dachte Robert. Als die Leiterin der Abteilung TE / Terrorismus des BND würde sie auch Roberts direkte Vorgesetzte informieren, so dass Robert quasi für diese Observation auf unbestimmte Zeit wieder in ihr Team aufgenommen wurde. Eine der stärksten Eigenschaften Gaby Körners war ihr sicheres und schnelles Gespür für Situationen bzw. dafür wann sie den Beamten denen sie vertraute eine lange Leine lassen konnte. Oft hatte sie mit ihrem Team deshalb außergewöhnlich erfolgreich gearbeitet und sich so eine nahezu unangreifbare Position innerhalb des BND erarbeitet. Robert erinnerte sich gerne an einige spektakuläre und erfolgreiche Einsätze als Mitglied in diesem Team. Er folgte sehr aufmerksam auf seinen Abstand achtend dem schwarzen Mercedes über die Grenze quer durch Frankreich und dann mit einigen Tankstops nach Spanien, um dann sehr spät in der Nacht, 450 m nachdem der Mercedes in die Zufahrt eines kleinen von der Strasse kaum zu erkennenden Hühnerhofes eingebogen war, zu halten. Die sehr laschen europäischen Grenzkontrollen, Schengen sei Dank, hatten den Araber ohne Probleme mit dem gestohlenen Fahrzeug ehemalige Ländergrenzen passieren lassen. Robert war trotz seiner Erfahrung völlig übermüdet. Er wusste dass er unbedingt Schlaf brauchte und hoffte dass es dem jungen Araber ebenso erging. Im Schutze der Dunkelheit und sehr vorsichtig bewegte er sich in dem Pinienhain langsam an das Gebäude heran. Durch den Zaun konnte er nur sehr schwer erkennen, was sich dahinter verbarg. Der leichte Wind in der Nacht trug einige

Wortfetzen einer kurzen Unterhaltung in arabischer Sprache zu dem in der Hocke sitzenden Agenten herüber. Als 15 Minuten später alle Lichter in dem Haus, das er nur schemenhaft durch ein rostiges Loch im Zaun erahnen konnte erloschen, entschied Robert sich endlich schlafen zu legen. Er nutzte wie immer sein Handy als Wecker und stellte es auf eine Weckzeit von 06:00 Uhr ein. >> Das muss reichen << dachte er, dabei voller Sorge die bereits investierten Anstrengungen durch ein paar Minuten Schlaf zur falschen Zeit zunichte zu machen. Um 05:45 wurde Robert durch einen Tanklaster geweckt, der mit leicht quietschendem Reifen eine der Kurven etwas zu eng genommen hatte. Robert nutzte die frühe Stunde und schlich sich erneut nun wie eine Raubkatze immer wieder kauernd an das Objekt heran. Doch der Zaun ermöglichte auch bei Tag keine genaue Observation. Als Robert bereits daran dachte zum Auto zurückzukehren folgte sein Blick einer verwilderten schwarz weiß gestreiften Katze die einem kleinen Weg, der hinter dem eigentlichen Grundstück verlief, folgte. Robert beschloss es der Katze gleichzutun und nachzuschauen wohin ihn dieser Weg führte. Die Katze musste zwischenzeitlich abseits des Weges in ein Gebüsch verschwunden sein, denn der Weg wurde immer steiler und führte letztendlich zu dem kleinen Strand mit der Bootsanlegestelle. Robert blieb still stehen um mögliche Crewmitglieder nicht zu wecken. Nachdem er einige Minuten kein Geräusch gehört hatte bewegte er sich langsam auf das Boot zu. Auf dem Pier zog er leise seine schwarzen Halbschuhe aus und bewegte sich behutsam und barfüßig auf das Schiffsdeck. Auf dem Deck war nichts Besonderes zu erkennen und Robert beschloss die Kajüte zu öffnen. Als er langsam den Drehknopf der Kajüte leicht nach rechts drehte spürte Robert seinen Pulsschlag deutlich an seiner Halsschlagader pochen. Es dauerte einige Minuten bis seine Augen sich an die Dunkelheit in der offensichtlich unbewohnten Kajüte gewöhnt hatten. Als er die Schubladen eines Einbauschrankes links vor einer Sitzecke öffnete fielen ihm Seekarten auf. Robert schirmte mit einer Hand das Licht seines Zippo Feuerzeuges ab und erkannte, dass die Karte das Seegebiet um die Kanareninsel La Palma darstellte. Auf der Karte waren ein Kurs von Gibraltar zur Insel La Palma sowie eine geeignete Landestelle eingezeichnet. Robert prägte sich beides sorgfältig ein. Eine weitere Suche auf dem Boot ergab, das ein Vorrat an Lebensmitteln und

Frischwasser für eine handvoll Menschen, die einige Tage auf See zubringen wollten, sowie die übliche Schiffsausrüstung vorhanden war. Robert kehrte zu seinem Fahrzeug zurück und meldete sich telefonisch bei Gaby Körner um seinen Lagebericht abzugeben. >> Robert was willst du nun tun? << fragte sie um seine Meinung zu hören aber sicher bereits mit einer eigenen Theorie und Vorgehensweise in Reserve. >> Ich werde nach La Palma reisen, ich muss herausfinden was dieser Kerl dort vorhat? << >> Soll ich die spanischen Kollegen einschalten? << fragte sie, wohlwissend das er das ablehnen würde Nein, dass ist zum einen zu früh und zum anderen habe ich dort momentan noch keine vertrauenswürdige Kontaktperson. << >> Wir buchen dich auf den nächstmöglichen Flug nach La Palma. << Etwa 3 Stunden später saß Robert in einem Iberia Linienflug nach Santa Cruz de la Palma.

Als der junge Araber nach seiner langen Autofahrt endlich den Zielort erreicht hatte war er einerseits froh gewesen erfolgreich zu sein doch gleichzeitig machte ihn die Tatsache nervös, dass er nicht wusste was nun genau passieren würde? Er wurde bereits von Jamal sowie zwei weiteren Moslems erwartet. Jamal begrüßte ihn herzlich mit einer Umarmung und küsste ihn links und rechts auf die Wange. >> Abibi...schön das du da bist. <<

>> Er kann so freundlich sein << dachte er und musste mit Schaudern an die Brutalitäten denken zu denen Jamal in den vergangenen 5 Jahren fähig gewesen war. >> Ich freue mich das ich dein Vertrauen nicht enttäuscht habe << sagte er. Aber Jamal hatte sich bereits dem Päckchen zugewandt. Jamal prüfte sorgfältig den Inhalt des braunen Päckchen das der Kurier aus Deutschland mitgebracht hatte. Nun waren alle elektronischen Komponenten zusammen die al-Qaida über einen Zeitraum von 2 Jahren in Europa und Asien erworben hatte. >> Nur vereint sind wir starke Brüder im Kampf gegen die Ungläubigen << dabei blickte Jamal allen Mitgliedern seiner Gruppe in die Augen. Die beiden anderen Moslems kannte er nur flüchtig. Es waren 2 Cousins Namens Babak und Mehmet, aus den nordafrikanischen Terrorzellen FIS und GIA die er während seines Einsatzes in Afghanistan kennergelernt hatte.

Seit der Einfluss des eigentlichen al-Qaida Gründers schwächer und schwächer wurde hatte sein früherer Stellvertreter, der „Jordanier" genannt wurde und nun mächtigster Mann in der al-Qaida war, mit eiserner

Hand die ursprünglich autonomen regionalen Terrorzellen mit Gewalt und finanziellen Mitteln vereint und konnte nun geostrategisch sehr leistungsfähige Gruppen in Asien, Europa, im mittleren Osten oder in Afrika operieren lassen. Die medienwirksamen Anschläge in Madrid wurden durch die Europa-Zellen erfolgreich durchgeführt und Jamal hatte sich dabei besonders ausgezeichnet und bewährt.

Alle diese Männer hatten eines gemeinsam. In ihren Kinder- und Jugendjahren lebten sie eher kleinbürgerlich als zweite Generation der Einwanderergesellschaft in Spanien oder in Frankreich und Deutschland ohne jeden radikalen Ansatz. In späteren Jahren rutschten diese Männer oft in die Kleinkriminalität von Drogenhandel, Autodiebstählen und kleineren Einbrüchen um dann eines Tages zu erkennen, dass ihre wahre und einzige Bestimmung der Islam ist.

Babak und Mehmet, die beiden Cousins hatten ein warmes Essen aus gekochtem Hammelfleisch mit Zwiebeln, Bohnen und Tomaten auf dem einfachen Holzofen zubereitet, das nun alle hungrig mit einem Stück Fladenbrot aßen. Aus dem hofeigenen sehr tiefen Brunnen hatte Jamal zuvor kühles köstliches Wasser geschöpft und in ein braunes Tongefäß geschüttet. Beim Essen gab es keine eigentliche Unterhaltung da die anderen Männer unsicher über den weiteren Verlauf der Aktion waren. Das einzelne, einfachere Kader nur Fragmente einer Operation kannten hatte schon oft al-Qaida vor größerem Schaden bewahrt und ist eine sorgsam durchdachte Taktik falls einzelne Mitglieder einer Gruppe in die Hände der Ungläubigen fielen konnte die Operation dennoch erfolgreich abgeschlossen werden.

>> Legt Euch nun schlafen, wir werden morgen zeitig aufbrechen um unser eigentliches Reiseziel anzu- steuern << befahl Jamal. Niemand wagte es Fragen zu stellen oder diesen Befehl in Zweifel zu stellen. Das Haus hatte genügend Zimmer die zwar aus westlicher Sicht jeweils mit einem Holzbett und einer Kommode aus Nadelholz spartanisch eingerichtet waren, aber jedem der Gotteskrieger einen eigenen Raum boten. Die Moslems beteten in östlicher Rich- tung gen Mekka, wie es ihr Glaube vorsah und leg- ten sich dann schlafen.

„La Isla Verde"

Wenn da nicht das fehlende Gepäck gewesen wäre
hätte ein flüchtiger Beobachter Robert, einen Mann
in Jeans und Lederjacke, am Flughafen der Insel la
Palma leicht für einen der vielen Touristen halten
können die diese Insel wegen der vielen abwechs-
lungsreichen Wandermöglichkeiten gerne besuchten.
Robert bestieg einen hellgrauen spärlich besetzten
Renault Linienbus in die Stadtmitte und nutzte eine
zuvor am Flughafen gekaufte Landkarte sowie einen
Stadtplan dazu den schnellsten Weg zum deutschen
Konsulat zu finden. Am Eingang der deutschen Ver-
tretung prüfte ein BGS Beamter seinen Dienstaus-
weis und führte Robert wenig später in das Büro
eines ranghöheren Botschaftsbeamten der ebenfalls
im Dienste des BND stand. Hinter einem dunklen,
sehr nobel wirkenden, Eichenschreibtisch saß der
untersetzte Kollege mit einer bereits fortgeschrittenen Stirnglatze der eher wie ein Scheidungsanwalt
wirkte.

Robert schätze den Mann auf ca. 45 Jahre. Die in
Falten gezogene Stirn signalisierte Robert dass er
hier nicht gerade mit Begeisterung empfangen wur-

de. >> Nehmen sie dort Platz << dabei zeigte der Botschaftsbeamte auf einen der leeren Stühle vor dem Schreibtisch. >> Ich will mich kurz fassen << sagte Robert. Der dickliche Mann brummte ein kurzes >> Gut! <<

>> Ich benötige ein Fahrzeug mit Allradantrieb sowie genaues Kartenmaterial der Insel sowie eine Waffe und Munition. << Der Beamte stand auf und ging zu einem Ölbild an der Wand hinter seinem Schreibtisch. Nachdem er das Bild wie ein Fenster geöffnet hatte befand sich dahinter ein Tresor den er mit einem kleinen Schlüssel und einer entsprechenden Zahlenkombination öffnete. Wortlos legte er Robert eine P 7Automatic von Heckler und Koch und 2 bestückte Magazine mit Ersatzpatronen sowie einen Auto Schlüssel hin und einen neuen Personalausweis ausgestellt auf den Namen Bernd Armbruster.

>> Brauchen sie Bargeld? << fragte der unsympathische Kollege der dabei keine Miene verzog.

>> Ich rechne nicht mit einem sehr langen Aufenthalt.... aber 1.000 Euro für eine anständige Unterkunft und Spesen wären ok. << Der Beamte ließ sich die Übergabe des Bargelds, des Ausweises sowie der Waffe samt Munition sowie des Autos peinlichst genau quittieren auf einem entsprechenden Form-

blatt mit der Bezeichnung AQ-134 quittieren.

>> Ich lasse den Wagen vorfahren. << Der Mann verschwand kurz mit dem Autoschlüssel. Nach seiner Rückkehr bemerkte er >> Hm....als Hotel würde ich ihnen das Sol La Palma empfehlen. Es liegt ruhig in mitten einer Bananenplantage ca. 8 Km von Los Llanos de Aridane und hat sogar ein astronomisches Observatorium. << Robert verstaute das Geld und die Waffe samt Munition und verabschiedete sich. Vor dem Gebäude übergab ein Mitarbeiter ihm ein schwarzes Mercedes G-Modell mit laufendem Dieselmotor. >> Das Fahrzeug ist getankt und auf der Beifahrerseite habe ich ihnen einen Hotelprospekt mit der Anfahrtsskizze zum Hotel gelegt. Gute Fahrt Senior << Robert hielt nach einigen hundert Metern an einem Cita Einkaufszentrum und versorgte sich mit einigen persönlichen Kleidungsstücken und Hygieneartikeln die er in einem größeren dunkelblauen Rucksack, ein Plagiat der Marke Adidas, verstaute den er ebenfalls zuvor bei einem der zahlreichen Straßenhändler gekauft hatte. Bei einem Optiker erstand er ein brauchbares Fernglas aus Jena und einen Kompass die ihm später beide noch sehr wertvoll werden sollten sowie ein älteres Modell einer Ray Ban Sonnenbrille. Nachdem er ein Paar feste

braune Wanderschuhe und eine beige Khakihose erstanden und im Rucksack verstaut hatte setzte er den Weg in Richtung Los Llanos de Aridane fort. >> Der mürrische Kollege in der Botschaft hat nicht übertrieben << dachte Robert als er durch die wunderschöne Bananenplantage fuhr deren Hauptwirtschaftsweg zum Hotel führte. Robert parkte den Geländewagen neben dem Hauptgebäude und schnappte sich seinen neuen blauen Rucksack um direkt zur Rezeption zu laufen. Als er das sachlich aber trotzdem auf seine Art elegant eingerichtete Foyer durchquerte begegnete ihm eine zierliche Frau, ca. 1,70 groß, mit langen schwarzen Haaren die nun aber hochgesteckt waren und ihm ein entwaffnend sympathisches Lächeln schenkte. Robert konnte gar nicht anders als zurückzulächeln. Die Frau verließ das Hotel und Robert stand für einen kurzen Augenblick verweilend in der Eingangshalle des Sol La Palma. >> Senor....Senor....kann ich ihnen helfen? << die Stimme des Portier drang nur langsam zu ihm. >> Ähm.....mein Name ist... Bernd Armbruster.. für mich ist ein Zimmer bei ihnen reserviert worden. << Robert hatte sich im letzten Moment an den Decknamen erinnert, den der Botschaftsangehörige bei der Reservierung mit ihm vereinbart hatte und der auf seinen neuen Decknamen und Personalausweis passte. Die frühe Abendsonne hüllte das schöne helle Zimmer, dass auf der Rückseite des Hotels lag in ein warmes Orange. Er benötigte nur einen Augenblick um seine wenigen Sachen zu verstauen und dann öffnete er die Schiebtür die auf einen kleinen Balkon führte. Von dort aus hatte man einen grandiosen Blick über die Bananenplantage sowie die umliegenden Hügel und Berge. Nicht weit entfernt konnte er den Atlantik erkennen.

Jamal wurde durch polternde Geräusche in der Küche unsanft geweckt. Er streckte instinktiv seine Hand unter das Kopfkissen und der kalte Stahl der Beretta Automatic weckte seine sämtlichen Sinne augenblicklich. Er schlüpfte schnell in seine hellgraue Dockers Baumwollhose und zog ein weites kurzes Hemd über das weiße T-Shirt. Nachdem er die schwarzen Halbschuhe vor dem Bett angezogen hatte bewegte er sich langsam, wie eine Raubkatze schleichend, die Treppe hinab in Richtung der Geräusche. Die beiden Cousins standen in der Küche und bereiteten ein Frühstück zu. Der jüngere der Beiden wischte gerade eine Pfütze aus schwarzem Tee weg die er offenbar zuvor verschüttet hatte. Ihre beiden AK-47 Schnellfeuergewehre lehnten 2 m entfernt am Küchentisch in unmittelbarer Reichweite. Jamal machte seiner schlechten Laune, entstanden durch das unsanft geweckt werden, gleich Luft in dem er die beiden Cousins zu permanenter zukünftiger Wachsamkeit verpflichtete. >> Wir könnten jederzeit ungebetenen Besuch bekommen.....seid darauf immer gefasst und legt eure Waffen nie soweit aus eurer Reichweite wie heute. << Beide kannten Jamal mittlerweile so gut dass sie, wohlwissend das Widerspruch in dieser Situation zu einem seiner gefürchteten unkontrollierten Wutausbrüche mit brutaler Gewalt führen konnten, das Ganze nur mit einem Nicken kommentierten.

Verschlafen und gähnend erschien der Araber der zuvor aus Berlin gekommen war im Türrahmen und fragte, dabei sich am Hinterkopf kratzend >> Was ist denn hier los...was ist hier für ein Lärm? <<

Jamal antwortete nicht, sondern sicherte nur seine Waffe die er dann sogleich in Höhe des Gesäßes geschickt unter dem weiten kurzärmligen Hemd dass er über der Hose trug verschwinden ließ. Beim anschließenden kargen Frühstück wurde der morgendliche Vorfall nicht mehr erwähnt.

Jamal führte die Mitglieder seine Terrorzelle den

schmalen Weg hinab zum Bootssteg und machte seine zukünftigen Crewmitglieder mit den wichtigsten Funktionen an Bord vertraut. Kurz erschienen in seiner Erinnerung die Bilder der schönen Tage in den Niederlanden. Anlässlich seiner Reise vor zwei Jahren in den Niederlanden hatte er am Ijsselmeer den Bootsführerschein erworben und sich danach auf der rauen Nordsee erste Erfahrungen auf hoher See und beim navigieren mit Hilfe eines dort lebenden Sudanesen, der Zeit seines Lebens zur See gefahren war und nun in Rotterdam lebte, angeeignet.

Das moderne Kajütboot war zur Sicherheit mit einem modernen GPS-Satellitennavigationssystem ausgerüstet, da Jamal auf jeden Fall die Dunkelheit für eine unbemerkte Fahrt nutzen wollte. Zunächst mussten sie aber auf die Anlieferung der größeren Menge Amonal Sprengstoffes warten, den Glaubensbrüder aus einem Basalt Tagebau in Spanien organisiert hatten. Dieser würde nicht vor dem nächsten Tag geliefert werden und sollte im dafür präparierten Laderaum des Bootes, vor Feuchtigkeit geschützt, verladen werden. Da der Sprengstoff umständlich den steilen Weg heruntergeschleppt werden musste würde dieser Ladevorgang einige

Zeit in Anspruch nehmen. Eigentlich bin ich eher so etwas wie ein Logistikchef dachte Jamal und kontrollierte danach ob alle neuen Crewmitglieder sich mit den wichtigsten Instrumenten und Einrichtungen auskannten.

Zur gleichen Zeit überflog in geringerer Höhe eine Drohne der Bundesmarine diesen Sektor und erstellte gestochen scharfe Detailbilder, auf denen selbst der Name des Boots hervorragend zu erkennen war. Die Drohne würde 15 Minuten später auf einem Lenkwaffenzerstörer, der im Rahmen einer NATO-Übung im Mittelmeer operierte, landen und ausgewertet werden. Wieder einmal machten sich die exzellenten Kontakte Gaby Körners zu einem Oberstleutnant des Marinegeheimdienstes bezahlt, mit dem sie einige Jahre zuvor eine kurze aber sehr leidenschaftliche Affäre hatte. Deutschland hatte sich über viele Jahre, auch Mangels eines Budgets für teure Satellitenüberwachung, mit sehr guten optischen Geräten - die mittlerweile selbst von der NASA für Mars-Missionen verwendet wurde - einen Namen gemacht und aus dem selben Grund auch die Technik der unbemannten Flugkörper auf sehr hohem Niveau weiterentwickelt. Ab diesem Zeitpunkt würde Pullach, mit einer kleinen Zeitverzögerung, über jede

Bewegung der Terrorzelle mittels der Drohnen informiert werden.

Robert lag auf dem Bett und blätterte lustlos im Ho-
telprospekt als sein Handy klingelte. Gaby Körner
berichtete von den Ergebnissen der Drohnenaufklä-
rung. Beide waren sich einig die Flüge auch in der
Nacht fortzusetzen um möglichst keine bösen Über-
raschungen zu erleben.

Als er das Gespräch beendete fiel ihm im Hotelpros-
pekt der Hinweis auf das eigene Observatorium auf.
Plötzlich kamen die Erinnerungen an seinen toten
Vater hoch, der bereits mit 51 Jahren an einem Hirn-
tumor viel zu früh verstorben war und einen gemeinsamen Besuch als kleiner Junge im Planetarium. Er
entschloss sich später das Observatorium zu besich-
tigen, da er ohne den entscheidenden Hinweis aus
Pullach erst am nächsten Morgen aktiv werden konnte.

Am Morgen wollte er zunächst die Insel erkunden die
mit einer Größe von 24 x 42 km nicht wirklich groß
war aber durch die vulkanischen Aktivitäten und
weiteren geologischen Gegebenheiten nicht sehr
einfach zu erforschen sein durfte. Er studierte aufmerksam die auf dem Bett ausgebreitete Karte und

stellte fest dass er ganz im Westen der Insel wohnte. Eine Hauptstrasse mit der Nummer 830/832 führte Richtung Norden über Los Llanos, Puntagorda, Santa Cruz und Las Caletas einmal um die Insel herum. Er würde diese Strasse befahren um einen ersten Eindruck zu gewinnen.

Robert zog sich ein kurzes offenes Hemd über das T-Shirt und verließ dann sein Zimmer um im Dachgeschoss das Observatorium zu besuchen.

Als er den dunklen Raum betrat war das erste was er wahrnahm der außergewöhnliche Duft den er zuvor bereits in der Hotellobby genießen durfte. >> Armani Mania<< dachte er und war sich bewusst das er diesen Duft sehr mochte. Als er um einen Pfeiler in der Mitte des Raumes ging erblickte er sie, die Frau die er bereits in der Lobby angestarrt hatte. Er bewunderte ihre sportliche Eleganz und selbst in den Khaki-Shorts und dem weißen weiten Hemd machte sie eine verdammt gute Figur ähnlich einer Tänzerin. >> Guten Abend...ich bin Bernd Armbruster << er bereute sehr bezüglich seines Namens lügen zu müssen. sie lächelte ihn an und erwiderte in gebrochenen Deutsch >> Sorry, meine Deutsch is nich soo gut, ich heisse Dr. Anne Rogers. << Er würde später nicht mehr genau sagen können wann er sein Herz verloren hatte aber seit diesem Zeitpunkt wusste er, dass er diese Frau wollte.

>> Sie interessieren sich auch für Astronomie?? << fragte sie nun in Englisch. >> Ähm.. ja ein wenig << antwortete er verlegen. >> Wussten sie das sich auf dem höchsten Berg der Insel dem Roque de los Muchachos eine der modernsten Sternwarten der Welt befindet? <<

>> Ist ihr Interesse beruflicher Natur? << sie lächelte zunächst und strich sich dabei eine schwarze Haarsträhne aus dem Gesicht >> Nein ich arbeite am University College London als Geologin. << Wieder blickte er tief in ihre wunderschönen grüne Augen und er hatte das Gefühl in diesen für immer versinken zu können.

>> Und was machen sie beruflich? << fragte sie wieder unterlegt mit dem entwaffnenden Lächeln. >> Ich bin Handelsreisender für Zahnbürsten...nicht sehr spannend...nicht wahr? >> Nun ja, die Geologie ist auch nicht gerade umwerfend spannend, aber in meinen Fachgebiet gibt es einige sehr bemerkenswerte Bereiche << sie bewunderte seinen jungenhaften Charme als er erwiderte >> Haben sie auf dieser Insel beruflich zu tun? >> Ja, ich untersuche den Vulkan Cumbre Vieja und mehrere Erdspalten die

sich nach 1949 gesenkt haben. >> Ist denn der Vulkan noch aktiv? << Wieder strich sie durch ihr schönes langes Haar >> Ich möchte beweisen dass der Vulkan in seinem Inneren mit Wasser gefüllt ist, aus diesem Grund untersuche ich den Vulkan und einige andere geologisch interessante Bereiche der Insel. Er überlegte kurz, dann fragte er sie >> Hätten sie morgen Lust mir die Insel und den Vulkan zu zeigen, ich habe ein Allradfahrzeug? <<

>> Gerne << erwiderte sie und verließ dabei bezaubernd lächelnd den Raum. >> Wir sehen uns beim Frühstück so um 9 Uhr. <<

Als er wenige Minuten später bequem in seinem Zimmer lag konnte er einige erotische Bilder nicht aus seinem Kopf bekommen.

Das penetrante Piepsen seines Siemens Handys weckte ihn aus seinen sehr angenehmen Träumen und er öffnete die Balkontür um kurz den grandiosen Ausblick zu genießen.

Trotz der Jahreszeit war die Temperatur auch in der Nacht nicht unter 18 Grad Celsius gesunken und es lag ein leichter Geruch nach frisch gerösteten Kaffeebohnen in der Luft. Nachdem er geduscht und sich nass rasiert hatte begab er sich in das Erdgeschoss um das Restaurant aufzusuchen. An einem sehr schön gedeckten Tisch mit Blick auf die Bananenplantage entdeckte er sie. Sie las in einem Fachbuch der Geologie und weitere Unterlagen und Bücher sowie ihr Laptop lagen verstreut auf dem Tisch sowie dem freien Stuhl. >> Ähm....guten Morgen << lächelte er. Sie erwiderte leicht verlegen >> Hi...oh Entschuldigung...ich räume eben auf...ich bin immer so unordentlich...sorry. << sie packte ihre Sachen zusammen, so das Robert sich setzen konnte. Er schaute ihr schweigend ins Gesicht und versuchte diesen Moment zu konservieren. >> Haben sie gut geschlafen? << unterbrach sie sein Schweigen. >> Oh ja...danke...ich freue mich sehr darauf das sie mir die Insel näher bringen wollen. << Anne schenkte ihm ihr zauberhaftes Lächeln >> Bitte nehmen sie gutes festes Schuhwerk mit...einen großen Teil der Insel werden wir nur zu Fuß erkunden können.

Nach dem anschließenden ausgiebigen Frühstück, das er später über viele Jahre als einen der glücklichsten Augenblicke in seinem Leben bezeichnen würde, verließen beide das Hotel um mit dem Geländewagen in Richtung Norden aufzubrechen.

>> Die Insel hat 90.000 Einwohner wobei ca. 20.000 davon in Santa Cruz de la Palma leben erklärte sie

ihm. Die Insel ist ca. 3 Millionen Jahre alt und stark geprägt durch die vulkanischen Aktivitäten. Im Süden der Insel gibt es zahlreiche noch aktive Vulkane. Der letzte Ausbruch fand im Jahr 1971 am Vulkan Teneguia statt. Im Norden der Insel hat sich durch den gewaltigen Erdrutsch des primären Vulkans eine 1.500 m tiefe Caldera mit 9 km Durchmesser und 28 km Umfang gebildet, die Caldera de Taburiente die nur durch eine enge Schlucht, den Barranco de la Augistias die „Schlucht der Todesängste" erreichbar ist. <<

Er bewunderte ihre Kenntnisse der Region und zeigte sein Interesse durch aktives Zuhören indem er immer wieder nickte und ein „Ah" und „Hm" brummte.

Je weiter die Beiden in Richtung Norden kamen desto grüner und ausgiebiger wurde die Vegetation.

>> Die Insel wird auch „La Isla Verde" die grüne Insel genannt. Die Passatwinde treiben regelmäßig Wolken heran die in den hohen Bergen abregnen oder dichte Nebelfelder auf den Bergen bilden. Der Süden der Insel ist durch die Basaltgesteine eher schwarz geprägt. <<

Robert fiel auf das die Insel insgesamt sehr hoch lag. Alle Städte oder Dörfer lagen weit über dem Meersspiegel manche 300 m hoch und die Küste am Meer stieg sehr stark an. Nur in der Hauptstadt Santa Cruz de la Palma gab es eine Promenade am Meer. Durch die vielen Serpentinen und Berge war die Fahrtstrecke sehr anspruchsvoll und sie kamen nur sehr langsam voran.

Gegen Mittag genossen sie in einem malerisch gelegenen kleinen Restaurant die kanarische Spezialität Mojo Verde die Anne empfohlen hatte. Robert bestellte einen ausgezeichneten Wein der auf der Insel angebaut wurde und beide unterhielten sich angeregt über den ersten Teil ihres gemeinsamen Ausfluges und betrachteten nebenher die Landkarte. Dabei berührten sich eher zufällig ihre Finger und sie lächelten sich an. Anne erzählte ihm von ihrer Kindheit im County of Durham in der Nähe zur schottischen Grenze. Sie war in einem kleinen Ort Namens Chester Lee Street sehr behütet mit 2 Geschwistern in einem Reihenhaus aufgewachsen. Ihre Eltern waren sehr liebvolle und freundliche Menschen. Vor 2 Jahren war ihre langjährige Beziehung zu einem SAP-Netzwerkadministrator sehr unschön in die Brüche gegangen. Robert gab aus der Not relativ wenig über sich preis was Anne ihm nicht übel nahm, da sie davon überzeugt war, das alle Männer mehr oder weniger Schwierigkeiten hatten über ihre Gefühle zu sprechen. Außerdem nahm sie an, dass er etwas sehr schlimmes privates noch nicht verdaut hatte und auch deshalb schwieg.

Sie beschlossen danach über die Straße 812 in Richtung El Paso zu fahren um bei La Cumbrecita eine Rundwanderung zu starten um ein ersten Eindruck des riesigen Kraters am Mirador de las Chozas zu erhalten.

Als sie in bester Laune am frühen Nachmittag aufbrachen fragte Robert, offiziell um zur Toilette zu gehen, kurz per Handy in Pullach den aktuellen Status ab, da aber noch nichts Wissenswertes passiert war widmete er sich gerne wieder den angenehmen Dingen des Lebens.

Am frühen Nachmittag erreichten sie das knapp 1300 m hoch gelegene ICONA-Infohäuschen bei La Cumbrecita. Nach einem ca. 20 Minuten dauernden straffen Fußmarsch in herrlicher Umgebung kamen sie an den Mirador de las Chozas und Robert kam aus dem Staunen über die Größe des Kraters nicht heraus.

Anne machte den Vorschlag nach der Umkehrschleife auf dem Rückweg einen weiteren kleinen Weg Richtung Mirador de la Roques zu laufen und tatsächlich erreichten sie nach weiteren 20 Minuten eine ähnliche fantastische Aussichtsstelle der Insel.

Anne brach als erste das Schweigen >> Gefällt dir unsere Wanderung? << Robert wandte sich nun Anne zu >> Das alles hier ist unglaublich schön...und das du mich begleitest macht die Sache erst recht perfekt. <<

Anne lächelte ihn an und erwiderte >> Die Caldera hat sich aus dem primären Vulkan Cumbre Vieja nach dem Ausbruch 1949 durch einen gewaltigen Erdrutsch gebildet. Ich untersuche zur Zeit meine Theorie, dass der Primärvulkan Cumbre Vieja mit Wasser gefüllt ist und wie groß das Risiko ist das hier ein weiterer gewaltiger Erdrutsch entsteht, der den kompletten Westteil der Insel ins Meer rutschen lassen könnte. <<

Robert schaute nachdenklich und fragte dann >> <Welche Konsequenzen hätte ein solcher Erdrutsch im unmittelbaren Umfeld der Insel? <<

Anne lächelte nun nicht mehr >> Die technische Hochschule Zürich hat in einem Versuchsmodell berechnet, dass falls der halbe Cumbre Vieja mit mehr als 10 km/h ins Meer stürzt eine 650 m hohe und 40 km breite Flutwelle, der so genannte „Tsunami" entsteht, der mit einer Geschwindigkeit eines Verkehrsflugzeuges, also mehr als 700 km pro Stunde, über den Atlantik rasen würde. Nach ca. 6 Stunden würde der Tsunami der auf dem offenen Meer nicht sehr hoch sein würde die Nordamerikanische Ostküste, z.B. New York, erreichen und sich dann in den flachen Küstengewässern wieder auf 45 m Höhe aufbauen und ca. 20 km tief ins Landesinnere reichen. <<

Tsunami? ... was für ein merkwürdiges Wort für so etwas Zerstörerisches << meinte Robert und kratzte sich dabei seinen Bart >> Tsunami ... stammt aus dem Japanischen und bedeutet große Hafenwelle << antwortete Anne ihm. >> Die Welle entsteht durch plötzliche Verdrängung von großen Wassermengen wie bei Erdbeben, Erdrutschen, Vulkanausbrüchen oder Meteoriteneinschlägen. Das ist in der Geschichte dieses Planeten übrigens schon öfter vorgekommen in Alaska oder auch in Europa, z.B. in Lissabon. Die Stadt Lissabon wurde im Jahre 1755 durch einen TSUNAMI zerstört.

Da dieses Phänomen oft im Pazifischen Raum, z.B. in Japanischen Gewässern vorkommt haben die Japaner ein eigenes Wort große Hafenwelle übersetzt TSUNAMI dafür entwickelt. Oft sind Fischer aufs Meer hinausgefahren und haben sich dann gewundert dass ihr Hafen vollkommen zerstört war als sie dann zurückkehren wollten <<

In Robert entstand ein erstes merkwürdig beklemmendes Gefühl, aber die Idee das die Anreise der Araber auf die Insel La Palma womöglich mit der von Anne untersuchten Theorie zu tun haben könnte hatte irgendwie etwas unglaubliches. Aber es nagten an ihm Zweifel. >> Aber hätten alle Menschen vor 9/11 das nicht auch gedacht? << sagte sein sonst immer so sehr verlässlicher Instinkt.

Nach Einbruch der Dunkelheit erreichte der grüne ausgemusterte LKW mit festem Kofferaufbau eines Möbelspediteurs aus Paris den Schlupfwinkel der Gotteskrieger. Für das sichere Entladen der Holzkisten mit dem Amonal Sprengstoff benötigten der Fahrer und Beifahrer sowie die Hausbewohner eine gute Stunde.

Jamal schaute zufrieden auf die Ladung die sicher vor neugierigen Blicken in der Scheune untergebracht wurde. Mit den elektronischen Bauteilen aus Deutschland zur Fernzündung sowie den Sprengkapseln für die Initialzündung waren nun alle Bauteile komplett. Da Jamal wie eine Schweizer Präzisionsuhr einem genauen Zeitplan folgte, würde die Ladung erst am nächsten Abend auf das Boot verladen. Dann würde die Gruppe im Schutze der Nacht die Seereise antreten. Der Fahrer, ein junger Libanese und sein jüngerer Bruder verabschiedeten sich und verließen dann das Farmgelände. Der LKW würde noch in derselben Nacht in einer Autoverwertung bei Madrid entsorgt werden.

Gegen 23 Uhr ließ Jamal die Gruppe in der Wohnküche zusammenkommen. >> Ich bin stolz euch bei unserem nächsten Angriff gegen die Ungläubigen anführen zu dürfen. << Während der kurzen Pausen seiner Rede hätte man eine Stecknadel fallen hören können. >> Wir werden morgen Abend die Kisten auf das Schiff verladen und dann in der Nacht zur Insel La Palma übersetzen. An einer bestimmten Stelle der Insel wird die Ladung gelöscht werden und wir werden vier verschiedene Positionen auf der Insel einnehmen. Jeder von euch erhält nun von mir genaue schriftliche Instruktionen zu seiner Position bzw. zu seiner Aufgabe. Nachdem ihr diese genau studiert habt und auswendig kennt werden wir die Anweisungen im Ofen verbrennen. Niemand wird die Anweisungen der anderen lesen oder jemals kennen. <<

Jamal übergab den beiden Cousins sowie seinem vertrautesten Weggefährten jeweils einen Umschlag.

Nachdem alle geschworen hatten die Anweisungen und Position auf der Karte nun auswendig zu kennen öffnete Jamal den gusseisernen Ofen und alle verbrannten ihren jeweiligen Umschlag samt Inhalt sichtbar vor den anderen.

Den gesamten nächsten Tag verbrachte die Gruppe mit gemeinsamen Gebeten oder Ruhephasen sowie einer rituellen Körperreinigung nebst entsprechender Körperrasur, wie es sich für Männer die in den Tod gehen gehörte. Die beiden Drohnen der Bundesmarine, die um 08:45 Uhr und 22:25 Uhr die kleine Bucht sowie die ehemalige Hühnerfarm in großer Höhe überflogen und sicher ihre Fotodaten übermittelten wurden weder gehört noch durch die Gruppe anderweitig wahrgenommen.

Kurz nach Einbruch der Dunkelheit des nächsten Tages begannen die Männer unter großen Anstrengungen und Mühen die Holzkisten auf das Boot zu verladen. Auf Grund der schwierigen Umstände des beschwerlichen Fußweg hinunter zum Bootspier dauerte der Ladevorgang auf das Boot mehrere Stunden, da nur jeweils einer der Männer gleichzeitig die steile Treppe nutzen konnte. Jamal half selbstverständlich nicht beim Verladen sondern überwachte die ganze Logistikaktion sowie das sichere

Verstauen auf dem Boot. Zum Schutz vor allzu neugierigen Blicken z.B. der Wasserschutzpolizei wurden die Holzkisten im Laderaum mit alten ölverschmierten Planen abgedeckt und mit gebrauchter Takelage getarnt.

Als einer der beiden Cousins schnaufend die vorletzte Kiste die Treppe hinabschleppte glaubte er kurz ein Geräusch, ähnlich eines elektrischen Ventilators zu hören, aber viel leiser und sehr weit entfernt. Da dieser Teil der Küste allgemein sehr unzugänglich ist sowie es bereits Dunkel war bemaß er dem Geräusch keine große Bedeutung zu, da es sehr unwahrscheinlich sein durfte, dass jemand draußen und im Dunkeln einen Ventilator benutzte.

Ungefähr 45 Minuten später hatte die gefährlichste europäische Terrorzelle der al-Qaida das Boot bemannt und legte etwas unbeholfen vom Bootssteg ab. Die vorgeschriebenen Positionslichter hatte Jamal vorsorglich gelöscht und jeweils an Bug und Heck des Bootes hielt einer der Gotteskrieger Wache ausgerüstet mit einem Nachtsichtfernglas aus ehemaligen NVA Beständen um unerwünschte Begegnungen auf See zu vermeiden. Etwa 45 cm unter der Wasseroberfläche nahm ein Peilsender seine Arbeit auf, den zwei Kampftaucher der Bundesmarine einige Stunden zuvor vorsorglich angebracht hatten.

Anne machte den Vorschlag den Weg zum Parkplatz zurück zu gehen, einerseits da sie mit Robert nun lieber alleine gewesen wäre, denn die schöne Aussicht hatte viele Touristen angelockt, aber andererseits auch um die durch ihre Theorie in Robert ausgelöste Spannung zu überwinden.

Auf der Rückfahrt zum Hotel entschieden beide den Rest des Tages an der sehr schönen Poolanlage des Hotels zu verbringen und etwas zu relaxen.

Nach ihrer Rückkehr erschien er wenige Minuten später in Boxershorts mit einem großen Badehandtuch an der Poolanlage und war von den übrigen Touristen nicht zu unterscheiden. Anne hatte bereits zwei Liegestühle mit einem kleinen Tisch arrangiert und es fiel im positiv auf das sie im Gegensatz zu anderen Frauen die er kannte vor ihm da gewesen war.

>> Sorry, ich habe meine Sonnenmilch gesucht...muss sie wohl verlegt haben << lächelte er sie mit seinem Lausbubenlächeln an.

>> Das macht doch nichts...wir können meine nehmen, die hat genügend Sonnenschutzfaktor für uns beide << erwiderte sie lächelnd und begann so gleich mit zärtlichen kreisenden Bewegungen seinen

Rücken einzucremen. Ein wohliger Schauer lief ihm den Rücken herunter und seine Gänsehaut war nicht zu übersehen. >> Ich würde gerne schnurren wie eine Katze so gut tut das. << Sie schmunzelte wissend, da dieses genau ihre Absicht gewesen war. Nach einer Stunde gegenseitigem anstacheln am Pool und im Wasser hielten es beide nicht mehr aus. Der Einbruch der Dunkelheit war diskreter Vorwand genug sich auf das Zimmer zurückzuziehen. Robert nahm seinen ganzen Mut zusammen und fragte >> Möchtest Du noch etwas mit mir trinken? << sie lächelte ihn strahlend an >> Ich dachte schon du fragst nie. << 5 Minuten später auf ihrem Zimmer stellte er das Bettradio an und leise spanische Musik umschmeichelte den Raum. Die untergehende Sonne spendete wie ein Kaleidoskop ein orange- und gelbfarbenes Potpourri an die Decke und Wände. Sie küssten sich zunächst zärtlich und ihre Hände erforschten jeweils den Körper des anderen. Irgendwann übermannte sie die Leidenschaft und sie fielen übereinander her wie verdurstende oder ausgehungerte Tiere. Robert konnte sich später nicht mehr erinnern ob er jemals so intensiv geliebt hatte bzw. wie lange ihre Leidenschaft angehalten hatte. Zeit und Raum spielten in diesem Moment keine Rolle mehr für die beiden eng umschlungenen Körper.

In der Nacht vibrierte und piepste sein Handy auf dem kleinen runden Tisch in der Ecke und Robert schlüpfte vorsichtig aus dem Bett um Anne nicht zu wecken. Er nahm das Handy und lief damit ins Badezimmer. Gaby Körner berichtete von den Aktivitäten der Terrorzelle und gab den aktuellen Standort des Kajütbootes durch. >> Die Bundesmarine versucht anhand des bisherigen Kurses die mögliche Landestelle des Bootes, die du uns durchgegeben hattest zu bestätigen. Sobald wir hier Klarheit haben werden wir dir den tatsächlichen Landungspunkt durchgeben <<

Robert erklärte, dass er inzwischen nicht nur ordentliches Kartenmaterial erworben hatte sondern sich auch einen ersten Überblick der geographischen Situation der Insel gewinnen konnte. Bei diesem Satz musste er kurz schmunzeln, hatte dieser doch eine gewisse Doppeldeutigkeit.

Kurz dachte er daran Gaby über seine Bekanntschaft mit Anne zu informieren bzw. die Theorie der Wissenschaftlerin zu vermitteln, entschied sich aber dann doch lieber zu schweigen, da die Idee einfach zu absurd erschien. Ein einfacher Anschlag auf Touristen war viel wahrscheinlicher. >> Ich habe mit dem

Koordinator der Geheimdienste in der Bundesregierung sprechen können und die Order aus Berlin ist eindeutig. Wenn ein Anschlag auf Touristen mit möglichen deutschen Opfern droht, dann sind wir autorisiert auch mit Gewalt nach eigenem Ermessen auf spanischem Hoheitsgebiet einzugreifen. Die Bundesregierung will Opfer verhindern und ihre, durch die Amerikaner in Frage gestellte, Position im Kampf gegen den internationalen Terrorismus überzeugend darstellen. <<

Robert bestätigte den Empfang der Order und fragte dann gezielt nach Verstärkung, falls die Gruppe mehrere Ziele angreifen würde.

>> Wir haben gestern Nacht eine Eliteeinheit des Kommando Spezial Kräfte, KSK, aus Calw auf den Lenkwaffen Zerstörer "Lütjens" der Bundesmarine verlegt. Die Fernspäheinheit ist ausgebildet um im feindlichen Gelände notfalls im Einzelkampf aufzuklären und ggf. zu vernichten. Dabei können wir wahlweise Fallschirme oder Helikopter einsetzen je nach Lage. Robert, du musst mir versprechen rechtzeitig Unterstützung anzufordern wenn die Lage es erfordert, bitte pass auf dich auf. <<

Robert versprach es und war wieder dankbar für die angebotene Hilfe sowie die fast schon mütterliche

Fürsorge seiner Vorgesetzten.

Nachdem er das Bad verlassen hatte setzte er sich für einen Augenblick auf einen der beiden Holzstühle an dem runden Tisch in der Ecke. Das Mondlicht ließ Annes wunderbaren Körper noch schöner erscheinen und er horchte ihrem ruhigem Atem zu. Er musste daran denken wie schön das Leben sein konnte. Nur zu gut kannte er die andere Seite... die dunkle Seite des Lebens und vielleicht deshalb genoss er die seltenen Augenblicke wie diesen intensiver als andere Menschen. Ja er hatte fast das Gefühl das er sie gierig aufsog wie ein Schwamm und neue Kraft aus ihnen schöpfte.

Babak hatte Schwierigkeiten trotz des Nachtsichtgerätes den Horizont vom Wasserspiegel zu unterscheiden. Zwischendurch rieb er sich immer wieder die müden leicht geröteten Augen. Bis auf den üblichen Frachtschiffverkehr der keinerlei Notiz von dem Kajütboot nahm waren keine anderen Schiffe zu erkennen. Ab und an wechselte er mit seinem Cousin den Platz am Heck des Schiffes um wenigsten für einige Augenblicke seine Augen entspannen zu können. >> Mehmet die Nacht ist auf dem Meer viel schwärzer als an Land. Ich bin ein Sohn der Wüste und verfluche diesen Ozean der kein Ende zu nehmen scheint << Der einen Kopf kleinere Mehmet hatte seit Jahren mit seinem schärferen Verstand für beide den körperlich so überlegenen aber leicht infantilen Cousin und sich selber sorgen müssen, dafür hatte Babak ihm in Tschetschenien mehr als einmal schier durch seine rohe Kraft und Todesverachtung das Leben gerettet.

>> Babak, wir werden in einigen Stunden ankommen und Allah wird dich reich für alle deine Mühe belohnen. Du wirst für viele Generationen der Mudschaheddin ein großer Held und ein Vorbild für die Kinder sein << sagte er als er dabei freundschaftlich, wie einem Bruder, seine Hand auf die Schulter des Cousins legte.

Aus der Kajüte drang an Bord nur gedämpftes Licht einer Tarnlampe bei deren Schein Jamal die Position mit Hilfe des GPS und der Seekarten berechnete und regelmäßig im Autopiloten den Kurs wieder anpasste.

Bernd Buck strahlte über sein ganzes Gesicht als ihm sein ehemaliger Ausbilder und jetziger Kommandeur Major Klaus von Hochstedt den Marschbefehl für die drei, nach dem Vorbild der britischen SAS, jeweils 3 Mann starken Teileinheiten der Fernspäher übergab.

>> Das ist keine Übung, ein offizieller Einsatz unter Gefechtsbedingungen. Ihr werdet noch heute Nacht mit einer Transall nach Spanien verlegt und dann mit Hubschraubern auf den Lenkwaffenzerstörer „Lütjens" transportiert. << Der Offizier wandte sich der großen Wandkarte zu, die in der Größe DIN A 2 die kanarische Insel La Palma zeigte. >> Macht Euch mit Hilfe der Unterlagen ein Bild der Insel, abweichend von euren bisherigen Einsätzen geht ihr leider kalt ins Gelände da uns wahrscheinlich die Zeit für eine entsprechende Phase der Erkundung fehlen wird. << Die heruntergezogenen Mundwinkel des jungen Oberfeldwebel signalisierten dem Major das dieser Part des Briefings nicht auf Begeisterung gestoßen war.

>> Wir sind nur solange stark wie wir unsichtbar bleiben können und hierzu ist es unabdingbar das wir genügend Zeit haben das Gelände zu erkunden und uns entsprechende Unterstände zu bauen. Der Gedanke an einen kalten Einsatz a la Rambo schmeckt mir überhaupt nicht. <<

30 Minuten später, in tiefster Dunkelheit und ohne das jemand in der Kaserne etwas davon bemerkte, verließen Buck und sein Team mit voller Ausrüstung die Unterkünfte um von einem VW Transporter zum Helikopter gebracht zu werden der das Fernspäh- team zur Transall der Luftwaffe beförderte. Nach- denklich schaute der besonnene Oberfeldwebel in die konzentriert wirkenden Gesichter der anderen 9 Kameraden. Einige inspizierten nun zum wiederhol- ten Male sehr genau ihre Waffen, was Angesichts der Tatsache, das es sich hier nicht um eine der vielen Übungen handelte nur verständlich war. Zu- sätzlich sorgte der kalte Einsatz ohne ausreichende Vorbereitungszeit im Gelände bei allen für Nervosi- tät.

>> Männer, das ist es wofür wir solange und hart trainiert haben << sagte er den Männern. Auf Grund seiner Erfahrungen bei der Bekämpfung der Taliban in Afghanistan wusste er was ein Kampfeinsatz be- deutete für sie alle und welche Risiken dieser mit sich brachte. Aber dennoch war er sehr zuversicht- lich. Seine Männer waren extrem gut ausgebildet und motiviert.

„Ready to Rumble"

Im Schutz der Dunkelheit landete das arabische Kommando in der Nähe von Caba O Buracas an einer von Land aus schlecht zugänglichen Stellen der Ostküste auf Isla Verde.

Der Peilsender übermittelte dabei unbemerkt für die Araber die Koordinaten des Bootes an die Lütjens.

Jamal gab kurze Befehle zur Löschung der explosiven Ladung und des übrigen Equipments die von den beiden Cousins Babak und Mehmet ausgeführt wurden. Der Mann der laut gefälschtem Pass Mohamed Alba hieß verließ das Boot und stieg die steile Küste hinauf. Es erfüllte ihn mit einer gewissen Erleichterung als er an der richtigen Stelle einen älteren dunkelblauen Ford Puck Up mit Allradantrieb erblickte auf dessen Ladefläche Planen sowie ein Tarnnetz lagen um die Ladung sicher und trocken zu verstauen. Er tastet im rechten Radkasten und fand den Schlüssel der mit Klebeband dort befestigt war. Rasch begannen die Männer damit die schweren Holzkisten auf der Ladefläche des Pick Up zu verstauen und abzudecken.

Danach schlug Jamal wie vorgesehen das Boot mit einer Feueraxt leck. Er merkte schnell das dieses, auf Grund des GFK Materials aus dem der Rumpf Bestand, gar nicht so einfach war. Aber es gelang ihm nach einigen Minuten ein ausreichend großes Loch in den Rumpf zu schlagen. Er fixierte mit einer Stange die als Lenkarretierung fungierte das Ruder und schob den Gashebel etwas nach vorne. Im letzten Moment sprang er hinten vom Boot auf einen Uferfelsen und löste das grobe Schiffstau mit dem das Boot gesichert war. Mit leisem Geräusch entfernte es sich auf das offene Meer hinaus und Minute für Minute drang mehr Wasser durch das Leck in den Rumpf. Dennoch dauerte es rund 15 min bis das Boot keine Fahrt mehr machte auf Grund der großen Menge des eingedrungenen Wasser dann an dieser Stelle langsam sank. Ihr Anführer studierte genaustens die Karte der Insel und machte sich erneut mit der Fahrroute zu den vier einzelnen Positionen vertraut. Nach gut einer Stunde harter Arbeit fuhr das Kommando zunächst die Strasse LP 138 nach Norden um dann bei San Pedro die LP 2 in westlicher Richtung zu nehmen. Es war vereinbart worden, das der Araber der aus Berlin angereist war, an der am weitesten entfernten Stelle der Landungsstelle in der Nähe der Südwestküste aussteigen würde, dann die beiden Cousins. Und zuletzt würde Jamal sein Werk vorbereiten.

Robert erwachte als erster und spürte den angenehmen Schmerz eines leichten Muskelkaters auf-
grund der körperlichen Anstrengung die eine Nacht
voller Leidenschaft mit sich brachte.

Er zog sich leise an und gab Anne die nur halb zu-
gedeckt auf dem Bauch schlief einen zärtlichen Kuss
auf die Schulter. Er wechselte in sein Zimmer und
meldete sich bei Gabi Köster.

>> Mensch Robert wo warst Du diese Nacht? <<
fragte sie leicht gereizt. >> Wir haben mehrfach
versucht Dich zu kontaktieren << Mit einer kurzen
taktischen Pause antwortete Robert >> Ähm...ich
habe weitere Nachforschungen auf der Insel vorge-
nommen <<.

Gabi Köster wollte das nicht weiter kommentieren
und berichtete >> Unsere vier Freunde sind heute
früh auf dem grünen Paradies gelandet und haben
eifrig Ladung gelöscht....ich möchte das du dir umgehend die Stelle anschaust an der einer der Männer
aus dem Fahrzeug ausgestiegen ist und ein Teil der
Ladung mitgenommen hat. Sie fahren mit einem
Ford Pick Up über die Insel. Robert versuche he-
rauszubekommen was die vorhaben. Offensichtlich

teilen sie sich nämlich auf <<

Nachdem Robert eine schnelle Dusche genommen hatte und in frische Sachen geschlüpft war besorgte er sich für die frühe Fahrt etwas Kaffee in einem Pappbecher mit weißem Plastikdeckel und 2 Croissants vom Frühstücksbuffet die er beide hastig während der ersten Kilometer verzehrte. Gabi hatte ihm die Koordinaten des ersten Halts der Araber per SMS gesendet. Leichte Nebelschwaden hingen wie eine Decke über den Bergen als er mit etwas Mühe den Kaffee zwischen seinen Beinen balancierend das G-Modell in eine Passstraße lenkte.

Seinen Berechnungen zu folge würde es mindestens 25 min dauern bis er mit dem Fahrzeug die Stelle erreichen würde an der er dann seine Mission zu Fuß weiter verfolgen werden müsste. Obwohl es September war und auch noch früh am morgen war das Wetter auf La Palma sehr mild. Robert genoss die Sonnenstrahlen die immer stärker wurden je länger er unterwegs war und fand dennoch auch ein Auge für die wunderbare abwechslungsreiche Landschaft. Die Insel bestand neben den Bergen und Schluchten sowie der Vulkane aus sehr dichten Kiefernwäldern und einer unglaublich grünen Vegetation bestehend aus Drachenbäumen, Margeriten,

Disteln, Natternköpfen und Strandflieder. Robert erinnerte sich daran das Anne ihm bei dem Ausflug erklärt hatte das La Palma über eine der umfangreichsten Floras auf dieser Welt verfügte.

Ein leichter kühler Windzug an ihrer Schulter weckte Anne die sich nicht sicher war ob dieses schaurig und wohlig zugleich anfühlende Gefühl nicht auch durch die gemeinsame Nacht mit dem hünenhaften Deutschen verursacht wurde der sich ihr als Bernd Armbruster vorgestellt hatte und offensichtlich das Zimmer bereits verlassen hatte.

Anne setzte sich im Bett auf und wunderte sich dabei über ihr eigenes Verhalten in den letzten 48 Stunden. >> Wie lange es her ist das ich die körperliche Liebe so genossen habe? << dachte sie und ordnete dabei ihre langen Haare. Ihr scharfer Verstand versuchte dabei klare Gedanken zu fassen wie es zu diesem für sie ungewöhnlich schnellen körperlichen Kontakt gekommen war? sie konnte sich an kein Erlebnis dieser Art jemals in ihrem Leben erinnern. Sie war zwar ein emotionaler Mensch aber in Sachen Liebe eher zurückhaltend und beinahe etwas schüchtern. Dazu kam ein messerscharfer Verstand der sie bisher von manchem amourösen Abenteuer rechtzeitig gewarnt hatte. >> Was soll's... es ist was es ist << dachte sie auf dem Weg ins Bad. Schnell wurde ihr aber klar dass sie mehr über diesen Mann erfahren wollte und schon als die ersten warmen Wasserstrahlen ihren Körper umspielten wurde ihr immer mehr bewusst das sie ein echtes Gefühl für diesen Mann in sich verspürte.

Noch vor dem Frühstück erkundigte sie sich an der Rezeption nach ihm, möglichst gelangweilt schauend und wollte sich dabei selber nicht eingestehen das sie doch sehr erleichtert war als ihr der durch seine starke Akne etwas ungepflegte aussehende Mann an der Rezeption bestätigte das Bernd Armbruster >> zwar früh weggefahren wäre aber sicher noch nicht abreist sei. << Anne entschied sich dafür ihre bereits überfälligen Berichte zu schreiben und den Tag im Hotel zu verbringen in der Hoffnung das er bald zurück kehren würde. Dabei hörte sie sich leise seufzen.

Gegen Mitternacht setzte der Marinehubschrauber vom Typ See King mit den Soldaten des KSK auf dem dafür vorgesehenen Platz auf dem Achterdeck des Lenkwaffenzerstörer Lütjens auf. Oberfeldwebel Buck und seine Kameraden wurden vom ersten

Offizier der Lütjens Korvettenkapitän Hajo Friedrichsen freundlich begrüßt >> Herzlich Willkommen an Bord ihr Landratten. << Buck lächelte unsicher als er aus dem See King schaute, denn er fühlte sich auf See nie wirklich gut. Aber er fand schnell seine Selbstsicherheit wieder und konterte >> Oberfeldwebel Buck, Fernspähteam mit 9 Mann im Sondereinsatz bittet an Bord kommen zu dürfen. << Der Krach der sich noch drehenden Rotorblätter der See King verschluckte die Antwort Friedrichsens fast vollständig >> Erlaubnis erteilt. <<

Nachdem das Eliteteam die Seesäcke und Waffen entladen hatte begleitete der Fregattenkapitän die Gruppe zu dem ersten großen Aufbau der Lütjens. >> Mit 338 Mann Besatzung sind wir quasi ein kleineres Dorf hier... da verläuft man sich leicht... lächelte er selbstsicher und ich zeige ihnen nun ihre Quartiere bei den Portepeeträgern. <<

Die Unterkünfte waren selbst im Vergleich zu den nicht gerade luxuriösen 2 Bettzimmern in der Kaserne atemberaubend eng und spartanisch eingerichtet. Es war gerade genug Platz für das Nötigste und die Mitglieder des KSK hatten alle Mühe damit die mitgebrachten olivgrünen Seesäcke zu verstauen.

Nachdem er alle KSK Teammitglieder untergebracht

hatte sagte er Oberfeldwebel Buck zugewandt
>> Wir sehen uns in einer halben Stunde in der OPZ.
Dann lernen sie auch unseren Kommandanten Kapitän Ehlers kennen. Die OPZ befindet sich im Vorder-
deck << Was diese KSK Einheit hier in kanarischen
Gewässern verloren hat war bisher streng geheim
gehalten worden und nur dem Kommandanten be-
kannt. Das schmeckte dem ersten Offizier der Lütjens gar nicht, war er doch quasi für das Tagesge-
schäft auf dem Schiff verantwortlich.

Nachdem Robert eine transparente PET Wasserfla-
che im Rucksack verstaut hatte justierte er mittels
der dafür vorgesehenen Spanngurte den Rucksack
so das dieser fest saß ohne dabei zu sehr an den
Schultern zu drücken. Mittels des Kompass und der
durch Anne etwas verbesserten Karte orientierte sich
Robert recht schnell in dem felsigen und unwegsa-
men Gelände das mit Drachenbäumen und großen
Kiefern gesäumt war. Anhand der Karte sah Robert
recht schnell dass er sich am äußersten westlichen
Rand der Caldera de Taburiente bewegte. >> Nur
zur Sicherheit << dachte er als er einmal den Griff
der P 7 Pistole erfasste die er in einer der geräumi-
gen Seitentaschen des Rucksacks verstaut hatte.

Trotzdem Robert nur ein mittleres Tempo angegangen war, lief ihm bereits nach einigen Minuten der Schweiß an der Stirn herunter und er musste ein paar Minuten auf einem größeren Felsen der den Weg säumte ausruhen. Einer der zahlreichen Geckos nutzte ebenfalls die warmen Sonnenstrahlen und sonnte sich auf einem Stein keine 60 cm von Roberts rechten Fuß entfernt. >> Wenn mich nun der Lorenz oder ein anderer der Erbsenzähler sehen würde... ja....Urlaub auf Staatskosten machen....<< schmunzelte er in sich hinein. Er fühlte sich hier alleine und mitten in der Natur wohl aber war sich trotzdem bewusst dass er als eigentlicher Stadtmensch hier nicht ganz hin gehörte. Das Krächzen einer für La Palma typischen Graja Krähen holte ihn aus seinen Gedanken und er setzte seinen Weg durch eine Lichtung mit Feigenkakteen, Agaven und Dattelpalmen aus dem Kiefernwald fort. Er wunderte sich ein wenig darüber das diese Kiefern so lange Nadeln hatten im Vergleich zu den deutschen Bäumen. Die Landschaft wurde nun schnell karger und schwarz voller vulkanischem Gestein je weiter er wieder in Richtung Süden der Insel wanderte.

Jamal verabschiedete sich für seine Verhältnisse mehr als herzlich von dem vertrautesten Kameraden als dieser als erster aus dem Pick Up stieg, wusste er doch dass sie sich erst im Paradies wieder sehen würden und mahnte dann die beiden Cousins zur Eile an. Kurz darauf verschwand der Pick Up aus dem Blickwinkel des zurück gebliebenen Gotteskriegers als er in einer der nächsten der Kurven um einen Felsen bog. Dieser hatte nun alle Hände voll damit zu tun die explosive Fracht in den Kisten die 5 Kilometer an den Bestimmungsort zu bringen. Für einen Moment dachte er dieses merkwürdige Geräusch wieder gehört zu haben das ihm in der Nacht vor ihrer Abreise aufgefallen war schob es dann aber auf seine nun überwachen Sinne zurück denn er schaute sich aufmerksam um konnte aber weder links noch rechts etwas Auffälliges erkennen. Mit großer körperlicher Anstrengung zog er die schweren Holzkisten mit spanischer Beschriftung den Berg hinauf. Nachdem er die letzte der Kisten in der Erdspalte verstaut hatte verband er den Sprengstoff mit den Zündkapseln und dem Detonator der ein wenig aussah wie der Handgriff einer Carrera Modellautobahn. Für diese Arbeiten hatte er 45 min gebraucht und nun ruhte er sich auf einen Baumstumpf sitzend ein wenig aus. Immer wieder schaute er dabei auf seine Armbanduhr.... >> Es ist noch Zeit << ....bleib ruhig...dachte er. Für einen Moment wurde im bewusst das dieses der letzte Tag seines irdischen Lebens sein würde und obwohl er gut darauf vorbereitet war fröstelte es ihn ein wenig denn er musste an seine Familie denken. An seinen alten kranken Vater, seine immer freundliche Mutter und die vier Geschwister die er alle nun schon seit Jahren nicht mehr gesehen hatte. Er tröstete sich mit dem Gedanken dass sie alle mächtig stolz auf ihn sein würden. >> Ihn einen auserwählten Krieger Allahs. << Er orientierte sich am Stand der Sonne und begann zugleich in östlicher Richtung zu beten.

Als Bernd Buck in der Operationszentrale kurz der OPZ eintraf herrschte hier bereits eine geordnete Betriebsamkeit. Der Kommandant begrüßte ihn nur kurz durch ein Kopfnicken denn er war offensichtlich mitten in einer Lagebesprechung. >> Frau Körner.....die Bilder der Drohne die wir soeben ausgewertet haben sowie das Funksignal des Peilsenders lassen nur einen Schluss zu....diese Gruppe nimmt an verschiedenen Stellen der Insel Stellungen ein und hat unbekannte Ausrüstungsgegenstände dort jeweils entladen. <<

Für einen Moment war nur ein merkwürdiges Rauschen aus dem Lautsprecher, der direkt mittig über dem großen Besprechungstisch an der Decke angebracht war, zu hören. >> Kapitän Ehlers.....bis jetzt wissen wir rein gar nichts....jedenfalls nicht genug um einen bewaffneten Militäreinsatz auf dem Hoheitsgebiet eines mit uns befreundeten Staates zu genehmigen. << Der etwas harsche Ton einer Frau gefiel dem erfahrenen Offizier gar nicht, dieses war leicht an seinem verzogenen Gesicht zu erkennen. >> Ich habe einen unserer Männer auf der Insel der die Lage vor Ort und diskret prüfen wird. Bitte klären sie weiter mit Drohnen auf und halten sie mich bitte informiert! << Das Wort bitte sprach Gabi Körner sehr versöhnlich aus, denn ihr war durchaus bewusst das diesem Mann und seiner Mannschaft sowie dem KSK Team eine besondere Aufgabe bevorstehen könnte. Danach beendet Gabi Körner das Gespräch einfach.

>> Nun ja Herr Oberfeldwebel....so ist das nun mal...die Frauen regieren mittlerweile überall und wir sind irgendwie wie die letzten Dinosaurier die ungläubig auf ihre sterbende Welt schauen. << Dabei lächelte er leicht verkniffen und Buck brach das Eis

in dem er antwortet >> Von Frauen verstehe ich nichts Herr Kommandant, ebenso wenig wie von Schiffen, ich bin eher der Typ Landratte der dafür solche Bauten gräbt die keiner findet. << Beide mussten über diesen Scherz herzhaft lachen und Buck folgte dem Kommandanten bereitwillig zu einem Kartentisch. Dieser zeigte mit dem Zirkel auf vier verschiedene Positionen auf der Karte >> Das ist die Insel La Palma...sehen sie diese Markierungen hier. An dieser stelle der Ostküste haben die Männer ihre Fracht entladen. Das Boot wurde dann auf offener See entsorgt. Mit einem Ford Pick Up bewegte sich die Gruppe dann in Richtung Westen. Es handelt sich um vier Männer die mit Handfeuerwaffen bewaffnet sind. Wir konnten einige AK-47 erkennen auf den Aufklärungsbildern. Was sich in den Kisten befindet ist zurzeit noch nicht klar.....es könnte Munition oder Sprengstoff sein. << Kapitän Ehlers drehte sich vom Kartentisch dem Oberfeldwebel zu. >> Herr Oberfeldwebel ich möchte das sie und ihre Männer permanent einsatzbereit sind...ich gehe davon aus das wir den Einsatzbefehl auf den letzten Drücker erhalten werden und dann möchte ich das sie, so gut es geht unter diesen Umständen, vorbereitet sind. << Bernd Buck nickte nur zur Bestätigung und verließ die OPZ wortlos um mit seinen Männern zu sprechen. Sie würden ihre Waffen und Ausrüstungsgegenstände inspizieren und reinigen und dann soviel Schlaf wie möglich nehmen wie ihnen der Einsatz zuließ. Bernd Buck wusste das fehlender Schlaf im Einsatz oft über Erfolg oder Scheitern einer Mission entschied.

Zunächst setzte Jamal den ersten der beiden Cousins namens Babak und dann etwa 30 min später Mehmet an den entsprechenden Stellen der Westflanke des Cumbre-Vieja ab. Er verabschiedete sich wortkarg indem er die Anweisungen und das Timing wiederholte. Er mochte diese beiden Kretins nicht und bedauerte wirklich dass diese später vielleicht in einem Atemzug mit echten Kämpfern Allahs wie ihm genannt werden könnten. >> Sie sind wie meine Werkzeuge, nützliche aber dumme Werkzeuge << dachte er als er den Pick Up sicher durch die nun etwas rauer werdende Gegend an seinen eigenen Bestimmungsort steuerte. Schnell aber ohne zu große Eile entlud auch er seine gefährliche Ladung und stellte den Wagen in ein kleines Waldstück. Er tarnte das Fahrzeug dabei geschickt mit großem Ästen und Zweigen der Kiefern sowie dem Tarnnetz so, das es weder von der Straße als auch aus der Luft auszumachen war. Das hatte er bis zur Perfektion im Tschetschenien Krieg gelernt.

Jamal brachte den Sprengstoff leicht keuchend den Felsen hinauf durch einen dichten Kiefernwald bis auf eine kleine Lichtung. Er begann dann damit die einzelnen Sprengladungen so wie er es in dem Trainingslager in Chaman an der afghanisch pakistanischen Grenze von dem Sprengstoffexperten der al-Qaida gelernt hatte für eine Seriensprengung vorzubereiten. Nach seiner Berechnung würde er dafür etwa weitere 30 min brauchen so das er etwa 2 Stunden Zeit hatte sich auf das eigentliche Ereignis vorzubereiten. Es war vereinbart worden dass 9 Stunden später der arabische Fernsehsender Al-Dschasira das Bekennervideo mit dem Abschiedsvideo der 4 Märtyrer ausstrahlen würde. Der durch die Seriensprengung ausgelöste Erdrutsch der die TSUNAMI Flutwelle, die zunächst als Initialwelle ca. 600 m hoch sein würde und nach wenigen Minuten 45 min lang 100 m hohe Wellen auf die anderen Kanareninseln bringt, wird verheerend sein. Dann folgten Afrika, Spanien und auch England mit ca. 10 m hohen Wellen und ca. 6-7 Stunden nach der Sprengung und dem Erdrutsch wird die Ostküste der

Vereinigten Staaten getroffen werden mit 50 m hohen Wellen- die je nach Küstenform - 30 km in Landesinnere gehen werden und Städte wie New York ganz auslöschen. Nebenbei würde auch Südamerika betroffen sein. Die Experten der al-Qaida haben neben dem menschlichen Elend einen gesamtwirtschaftlichen Schaden von mehr als 3 Billionen Euro berechnet und damit ein Chaos an allen Börsen dieser dekadenten westlichen Welt vorher gesagt. Was wäre 9/11 dagegen im Vergleich, eher ein kleiner Anfang. Bei dem Gedanken daran konnte er seine leichte Erregung nicht verbergen.

Nachdem sie ein ausgiebiges Frühstück genossen hatte und alle ihre rückständigen Berichte und Routinen aufgearbeitet hatte wurde Anne langsam unruhig. Sie konnte noch nicht einmal genau beschreiben warum, aber irgendetwas verriet ihr das sie Robert suchen musste. Sie stieg in ihren vom Hotel angemieteten feuerroten Suzuki Vitara Geländewagen und machte sich auf die Suche. Da sie Robert für einen Touristen hielt führte sie ihre Suche zunächst über die Straße LP 2 in die Hauptstadt Santa de Cruz de la Palma wo sie die üblichen touristischen Attraktionen wie die Calle O`Daly sowie die Gegend um den Hafen absuchte. Da La Palma im Vergleich zu den anderen kanarischen Inseln durch den Pauschaltourismus noch nicht entdeckt wurde, war er relativ leicht in der Nebensaison im September einen hünenhaften Deutschen zu finden. Doch recht schnell wurde ihr klar dass Robert hier nicht zu finden war. Sie erinnerte sich an ihren schönen gemeinsamen Ausflug zur Caldera de Taburiente und beschloss deshalb zunächst in Richtung Norden über Los Alamos und auf den Cumbre de Taburiente und zum Roque de los Muchachos zu fahren. >> Eigentlich ist das verrückt und passt so gar nicht zu mir << dachte sie beim etwas zähen Aufstieg mit dem nicht sehr stark motorisierten japanischen Geländewagen. >> Wo ist mein nüchterner Verstand und die Wissenschafterin in mir geblieben? << wunderte sie sich über sich selber. Sie hatte niemals zuvor solch emotionale Regungen bei sich erlebt und das machte ihre einerseits schon ein wenig Angst, sie hasste es die Kontrolle über sich zu verlieren, zum anderen waren es die schönsten und intensivsten Gefühle die sie seit Jahren erlebt hatte. Und sie wollte mehr davon.

Der dichte nicht bewirtschaftete Ur-Kiefernwald und der steile Anstieg machte Robert das Fortkommen nicht sehr leicht. >> Die Entfernungen auf der Karte sind sehr irreführend wenn man die Gegend dazu nicht kennt << dachte er als er wieder mal an einer der großen Wurzeln fast stolperte. >> Wow...ich brauche eine kurze Rast << stöhnte er leicht um sich dann am Kamm einer der kleineren Berge auf einen umgestürzten Baumstamm zu setzen. Er schaute sich um und bewunderte diese schöne Landschaft und dachte unwillkürlich an seine Begegnung mit Anne. >> Wie schön sie ist << dachte er und er hatte dabei ein unglaublich schlechtes Gewissen weil er sie bezüglich seiner Identität anlügen musste. >> Da treffe ich völlig unverhofft eine solche Klassefrau und kann ihr nicht sagen wer ich wirklich bin << grummelte er um eine Sekunde später eine ruckartige Bewegung auf dem gegenüber liegendem kahlen Bergrücken wahr zu nehmen. Sofort setzte er den Rucksack ab um das Fernglas zu entnehmen.

Seine Augen benötigten einen Moment um sich an die Sicht durch das Objektiv zu gewöhnen und er drehte langsam an dem dafür vorgesehenen Rädchen um das Bild noch schärfer zu bekommen. Da....er sah einen Menschen der offensichtlich auch

Rast machte. Aber irgendetwas stimmte an diesem Bild aber nicht. >> Ja...natürlich...das mein kleiner arabischer Freund aus Berlin den ich observiert habe << dachte Robert als sich der Mann auf dem gegenüberliegenden Bergkette für einen Moment in seine Richtung drehte. Instinktiv suchte er sein Handy um dann mit einem großen Frust „no cobertura" im Display zu lesen. >> Mist...kein Netz << fluchte er und dachte fieberhaft nach was nun zu tun wäre ohne Anweisungen von Gabi Körner aus Pullach. Als er erneut durch das Fernglas schaute um nach den möglichen andern Gruppenmitgliedern zu suchen dachte er >> Ich muss herausbekommen was dieser Kerl hier vorhat? << Nichts war zu sehen außer dem Mann der einfach da saß. Robert beschloss sich vorsichtig und leise der Position des Arabers von der rechten Seite zu nähern um vielleicht aus der Nähe mehr über dessen Absichten erkennen zu können. Auf Grund der kargen Vulkanlandschaft würde ein unerkanntes anschleichen nicht einfach werden. Für einen kurzen Moment hörte Robert ein sehr leises Summen und da er wusste wo er suchen musste und über ein Fernglas verfügte sah er die FANCOPTER Mikro – Aufklärungsdrohne, die mit ihren senkrechten Lande und Startvorrichtungen optisch fast eine wenig skurril anmutete und die über den Bergrücken in Richtung des Arabers flog. Für einen kurzen Moment dachte Robert darüber nach die P 7 aus dem Rucksack zu holen aber er verwarf diesen Gedanken damit das ein Schuss über einige Kilometer Entfernung zu hören gewesen wäre und er auf gar keinen Fall riskieren konnte das die anderen Araber, wo immer diese auch steckten, gewarnt würden. Also entschied er sich dafür den Überraschungsmoment zu nutzen und den Araber einfach auf Grund seiner überlegenen Körpermasse zu überwältigen.

„Show Down"

Gabi Körner reagierte sehr ungehalten als ihr die
Meldung übermittelt wurde das sowohl der telefoni-
sche Kontakt zu Robert abgebrochen war als auch
die exakte Position eines der vier Kommandomitglie-
der der Araber nicht sicher war. Auf Grund techni-
scher Schwierigkeiten musste der letzte Drohnenflug
vorzeitig abgebrochen werden so das die Position
des Fahrers und seines Pick Up`s unklar war.
Gabi hatte Robert zu den Koordinaten der ersten
Person geschickt und nun hatten sie keinen Kontakt
mehr zu ihm. Sie wussten nur wo zwei weitere der
Mitglieder des Kommandos waren. Ihr war klar, dass
sie nun schnell und überlegt handeln musste. >>
Bitte verbinden sie mich mit dem Bundeskanzleramt
<< sagte sie zu ihrer jüngeren Assistentin. Nach
wenigen Minuten hörte sie den Chef des Kanzleramtes durch den Lautsprecher. >> Frau Körner, ich
habe die Sache ausgiebig mit der Bundeskanzlerin
besprochen. Sie ist der Auffassung, das wir auf gar
keinen Fall unüberlegt und vorschnell handeln sollten
auch wenn ein gewisser...<< Gabi unterbrach den
Chef des Kanzleramtes >> Mir ist völlig klar warum
sie politisch so vorgehen müssen...aber hören sie

mir gut zu....auf dieser Insel sind 80 % aller Touristen aus Deutschland und ich möchte nicht in ihrer Haut stecken wenn die Presse nach einem möglichen Anschlag davon erfährt, das deutsche Sicherheitsbehörden rechtzeitig hätten eingreifen können! << sie machte eine geschickte rethorische Pause. >> Nun gut, vielleicht haben sie ja Recht...zischte es aus dem Hörer...tun sie alles Notwendige um einen möglichen Anschlag zu vereiteln...aber wehe ihnen wenn das in die Hose geht....dann möchte ich nicht in ihrer Haut stecken Frau Körner......piep piep...<< Er hatte einfach aufgelegt. Gabi Körner kannte diese Situation mehr als gut. Wenn es darum ging große Entscheidungen mit Risiko zu treffen dann tauchten diese so genannten politischen „Vorgesetzten" gerne ab und versteckten sich hinter den Machern wie sie eine war um dann bei einem Erfolg rechtzeitig ihre Gesichter in die Kameras zu halten. Ging etwas schief war auch klar wer dafür gegrillt wurde.

Gabi Körner rief ihrer Assistentin zu >> Ich brauch schnell eine Verbindung zur Lütjens...Kapitän Ehlers und den KSK Teamleiter. << In Gedanken verfluchte die Assistentin ihre Vorgesetzte für diesen schroffen Ton, gleichzeitig bewunderte sie diese Frau aber für ihre Durchsetzungskraft, ihren Mut und ihre Erfolge als sie die Verbindung herstellte. >> Kapitän Ehlers... ist der Teamleiter des KSK bei ihnen? << Einen Moment war nur Stille da, dann kam ein kurzes Knarren aus dem Lautsprecher der Telefonanlage >> Ja...Oberfeldwebel Buck ist bei mir. << Gabi musste sich für eine Sekunde gedanklich sortieren >> Hören sie mir beide gut zu. Ich fasse die Lage kurz zusammen. Wir haben eine Gruppe von vier bewaffneten Männern auf der Insel La Palma. Nur von drei Personen dieser Gruppe haben wir die ungefähren Standorte...der vierte wird gesucht. << Sie wartete nun darauf ob Kapitän Ehlers neue Informationen für sie hatte. >> Ein weiterer Drohnenflug hat die Standorte der drei Männer bestätigt. Dabei haben wir auch wahrscheinlich ihren Mann gefunden der sich ganz in der Nähe der Position eines der Araber bewegt. << Gabi konnte ihre Unzufriedenheit kaum verbergen >> Wir haben zu meinem Agenten momentan keinen Kontakt. Deshalb erhalten sie nun folgende neuen Anweisungen. Setzten sie drei Teams, jeweils eines an den uns bekannten Positionen ab. Schalten sie die Männer aus, hindern sie diese an dem was sie vorhaben, wobei erstes Ziel ist die Männer lebend in unsere Hände zu bekommen. Schusswaffengebrauch ist autorisiert für den Fall der Selbstverteidigung. <<

Ehlers der zum ersten Mal in einen solchen Einsatz involviert war wiederholte zur Sicherheit die Anweisung und beendete dann dieses Gespräch.

>> Oberfeldwebel Buck...der Sea King wird sie und ihre Männer jeweils an den drei Punkten absetzen. Die drei Einsatzteams müssen zeitgleich den Zugriff durchführen weil wir nicht wissen wie das arabische Kommando untereinander kommuniziert? << Bernd Buck lächelte nun >> Sehen sie, dass ist was ich und meine Männer perfekt beherrschen....sie können sich auf uns voll und ganz verlassen Herr Kommandant. << Kommandant Ehlers trat einen Schritt auf den Oberfeldwebel zu >> Ich hoffe das sie und ihre Männer wieder heil zu uns an Bord kommen....Viel Glück Herr Oberfeldwebel! <<.

Nachdem er gebetet hatte vergewisserte sich der Araber nochmals ob der Sprengstoff und der Zündmechanismus einsatzbereit waren. >> Es ist noch 1 Stunde Zeit bis zu unserem Gotteswerk << dachte er und als er den Handauslöser für einen kurzen Moment vor sich hinlegen wollte nahm er von rechts hinten kommend einen Schatten wahr. Doch es war bereits zu spät. Mit einem starken Schlag in sein Genick sackte der Araber zusammen. Robert stand über ihm mit einem kräftigen Ast einer kanarischen Kiefer in der Hand...sein Puls raste dabei war doch die letzten 3 Meter gespurtet. Er vergewisserte sich das der Araber lebte und wirklich außer Gefecht gesetzt war. Schnell löste er seinen Gürtel und fesselte damit provisorisch die Hände des Arabers hinter seinen Rücken. Dann legte er den Mann bäuchlings flach auf den Boden. Erst danach durchsuchte er die Taschen, fand dabei einen Colt Revolver und ein wenig Munition sowie die bereits bekannten gefälschten Ausweispapiere. Den Handzündmechanismus hatte Robert zunächst zwei Meter aus der unmittelbaren Reichweite des Arabers gelegt. Er folgte nun den Drähten die ihn zum Sprengstoff führten. Als ihm schlagartig bewusst wurde was hier vorbereitet war sackten ihm für einen Moment die Knie weg so dass er sich auf einen Felsen setzen musste. Er erinnerte sich an das was Anne ihm während der Wanderung erzählt hatte und was passieren würde wenn der Südwestteil der Insel in einem Erdrutsch ins Meer stürzen würde. Ein Mega-Tsunami wäre die Folge. >> Diese Araber sind total wahnsinnig...oh mein Gott...ich muss sie stoppen....alle....sofort! << stammelte er. Robert steckte den Handauslöser sowie die Zündkapseln in seinen Rucksack. Ohne diese Zubehöre wäre eine Zündung nicht mehr möglich, auch wenn dieser Araber wach würde und sich befreien könnte. Plötzlich erinnerte er sich an eine *MacGyver* Serie, die er gemeinsam mit seiner Tochter Klara gesehen hatte, in der jemand quasi im Schneidersitz um einen Baum sitzend gefesselt wurde. Klara liebte *MacGyver* der aus einem Kaugummi und einem Draht plus Taschenmesser einen Fesselballon bauen konnte. Er trug den bewusstlosen Araber einige hundert Meter zurück in Richtung des Kiefernwaldes und setzte ihn im Schneidersitz um den Baum. Die Hände legte er ebenfalls um den Baum, als wenn der Mann den Baum umarmte, fesselte diese dann mit seinem Gürtel. >> Bei meinem Waschbärbauch hält die Hose auch ohne Gürtel << dachte er als er sich bereits schnell entfernte in Richtung seines Geländewagens um die anderen Araber zu suchen und zu stoppen.

Babak hatte für seine Vorbereitungen ein wenig länger als berechnet gebraucht und als er nun sein vollständiges Werk betrachtete stand der Schweiß nicht nur wegen der vielen Arbeit sondern auch wegen der Eile auf seiner Stirn. Er schaute auf den Handauslöser der vor ihm auf der Erde lag und gerade als er sich bücken wollte um ihn aufzuheben trafen ihn die beiden Elektroden des X-26 Tasers in den Brustbereich. Er war augenblicklich vollständig gelähmt und zuckte unter der Stromeinwirkung unkontrolliert. Ein Stabsunteroffizier und ein Unteroffizier der KSK waren in einem Bruchteil einer Sekunde über ihm und fesselten ihn mit Kabelbindern.

Zur gleichen Zeit hatte das zweite KSK Team, bestehend aus einem Stabsunteroffizier und einem Feldwebel, bei seinem Cousin Mehmet weniger Glück. Dieser saß auf dem Boden was ihn als Zielfläche klein machte und er hatte den Handauslöser die ganze Zeit in seiner rechten Hand. Eine unbeabsichtigte Auslösung auf Grund der unkontrollierten Muskelzuckungen machte einen Taserangriff unmöglich. Deshalb entschied Oberfeldwebel Buck per Funk das der Angriff mittels dem G-36 A1 mit Schalldämpfer ausgeführt werden sollte. Der Feldwebel zielte dabei mit dem Laservisier auf die Hand des Arabers und die verwendete Spezialmunition ließ die Hand des Arabers mit hoher Geschwindigkeit in viele kleine Teile zerplatzen. Das Erste der drei Teams unter Führung von Buck fand einen bereits gefesselten und benommenen Araber sowie eine scheinbar gesicherte Sprengladung vor.

Als er das G-Modell erreichte schwitze Robert so dass ihm die Schweißperlen ins Gesicht liefen und in seinen Augen brannten. Er konnte sich nicht erinnern wann er das letzte Mal eine solche Strecke in diesem höllischen Tempo gelaufen wäre. Plötzlich vibrierte sein Handy in der Hosentasche und signalisierte ihm so dass er Nachrichten auf seiner Mailbox habe und das er nun wieder ein Netz hatte. Sofort wählte er die gespeicherte Nummer von Gabi Körner in Pullach >> piep..piep....Gabi....ja.....hier ist Robert....bitte Gabi...hör mir zu....ich habe den Araber gefunden und bewusstlos geschlagen und gefesselt. << Langsam reduzierte sich sein Puls auf ein erträgliches Niveau. >> Wie...das weißt Du bereits? << fragte er staunend. Gabi Körner berichtete ihm von dem erfolgreichen Einsatz der drei KSK Teams. >> Den Araber den Du ausgeschaltet hast haben wir auch gefunden.....aber der Letzte der vier ist wie vom Erdboden verschwunden. Das KSK Team habe ich mit den Gefangenen auf die Lütjens zurück beordert da es zu gefährlich wäre den Helikopter über dem Bereich einen Bereich absuchen zu lassen. Das würde garantiert die Aufmerksamkeit des noch gesuchten Mannes auf sich ziehen.

Da sie von der Lütjens aus innerhalb von 15 Minuten wieder über der Insel sein können erschien mir das als die beste Option. Wir haben natürlich eine weitere Aufklärungs-Drohne ins Suchgebiet gesendet.

Alle drei Araber hatten keine Handys bei sich, vermutlich aus Angst das diese abgehört und geortet werden können und es waren auch keine Walky Talkies vor Ort so das wir ziemlich sicher davon ausgehen das der vierte Mann über unseren Einsatz noch nichts weiß. Welchen Zeitplan die Männer hatten...also wann die Sprengung stattfinden sollte wissen wir definitiv noch nicht? Ob und wie viel Sprengstoff der letzte Mann hat ist auch unklar?

Wir werden die drei Männer natürlich auf der Lütjens umgehend verhören. <<

Robert hatte mehrfach vergeblich versucht Gabi immer wieder zu unterbrechen. >> Gabi, bitte höre mir einen Moment zu. Was ich Dir nun mitteilen werde, ist eine fundierte Theorie einer britischen Wissenschaftlerin, die ich hier auf der Insel kennen gelernt habe. << Trotz seiner hohen Konzentration kam ihm sofort das Bild von Anne ins Gedächtnis wie er sie so wunderschön und verletzlich im Mondlicht betrachtet hatte als er in ihrem Zimmer war. Robert wiederholte was er von Anne über die Theorie des Abrutschens des Südwestteils der Insel ins Meer gelernt hatte und was ein dadurch ausgelöster TSU-NAMI für die USA und den Rest der Welt bedeuten würde. >> Gabi, ich glaube meine schlimmsten Befürchtungen sind wahr geworden. Diese Wahnsinnigen wollen mit den Reihensprengungen das Abrutschen dieses Inselbereiches auslösen und damit einen Mega-TSUNAMI. Ich muss diesen Kerl finden, koste es was es wolle so lange auch nur ein Restrisiko besteht das seine Sprengung ausreicht um die Katastrophe auszulösen. << Gabi stimmte ihm zu und versprach ihm das KSK Team sofort zu senden wenn er den Standort des Mannes ausfindig gemacht hätte. Robert schwang sich in das G-Modell und raste mit Vollgas auf der LP-2 in Richtung Osten, da er auf Grund der Beschreibungen der anderen Zugriffsorte eine Ahnung hatte wo dieser Kerl die östlichste Sprengung vorbereiten könnte.

Jamal musste ein wenig schmunzeln bei dem Gedanken daran, das diese Kretins von Cousins und sein treuer Wegbegleiter ernsthaft geglaubt hatten, das sich al-Qaida auf den unsicheren Faktor Mensch bei der Auslösung der einzelnen Reihensprengungen verlassen würde. Es hatte schon eine gewisse Ironie, das sein Wegbegleiter selber die Teile, für die nur von ihm mittels eines Handsenders auszulösende Funk-Fernsprengung, aus Berlin abgeholt hatte. Diese hatte ein junger libanesischer Student der TU Berlin angefertigt. Die tatsächliche Sprengung würde er, fünfzehn Minuten vor der mit den anderen besprochenen Zeit, auslösen. Diese Männer waren nur Statisten und Logistikarbeiter zum schleppen der Kisten die nun als Wachen den Sprengstoff sichern sollten, damit keine dummen Wanderer etwas Merkwürdiges fanden oder melden konnten. Die entsprechenden Miniatur-Empfänger waren in der relativ großen Menge des Sprengstoffs niemanden aufgefallen. Er hatte genau deshalb in der Nacht vor ihrer Abreise den Sprengstoff entsprechend präpariert und die Kisten dann nummeriert, damit nicht versehentlich eine der Sprengstellen ohne Fern-Zünder ausgestattet war.

Die Handauslöser mit Drahtverbindung seiner Kameraden waren mehr zu deren Ablenkung und für den ungewöhnlichen Fall das jeweils doch vor Ort gesprengt werden müsste. Neben den Inselbewohnern würden auch seine Helfer sehr verwundert schauen wenn er die Seriensprengung auslösen würde.

Robert befuhr die LP-2 mit mörderischem Tempo und wieder lief ihm der Schweiß über das Gesicht, aber diesmal mehr aus Anspannung denn aus körperlicher Anstrengung. Kurz nach El Paso machte die Strasse einen V-förmigen Knick und er sah für einen kurzen Moment aus einem Waldstück eine Reflexion. Mit quietschenden Reifen blieb der schwere Mercedes Geländewagen nach einen Vollbremsung stehen. Robert wendete und fuhr langsam in das Waldstück. Nach einigen Metern sah er den gut getarnten blauen Ford Pick-Up, in dessen Fahrerspiegel sich das Licht der Sonne kurz gespiegelt hatte. >> Wäre der Wagen nicht mit der Front von der Straße weg geparkt worden, oder der Spiegel angeklappt gewesen, dann hätte ich keine Chance gehabt den Wagen zu finden << dachte Robert, als er schon seinen Rucksack ergriff und sich zu Fuß

Richtung Süden auf den Weg machte. Nun, mit ein wenig mehr Erfahrung, kam er besser mit dem sehr steilen Gelände zurecht. Immer wieder hielt er an um mit dem Fernglas Ausschau nach dem Mann zu halten den er suchte. >> Schneller Dicker >> dachte er, sich selber antreibend >> Du hast nicht ewig Zeit...es läuft ein Countdown im Hintergrund! << Robert bewegte sich auf das Ende des Kiefernwaldes zu und beschleunigte sein Tempo.

Nachdem Anne fast den gesamten Vormittag mit der Suche nach Robert im nördlich Teil der Insel zugebracht hatte wollte sie doch lieber im Hotel auf ihn warten. Vielleicht aber war er auch bereits längst wieder im Sol La Palma angekommen?
Die LP-1032 führte sie zunächst wieder nach Santa Cruz de la Palma, wo sie dann in westlicher Richtung die LP-02 nahm. Kurz vor der V-förmigen Kurve musste sie das Tempo verlangsamen und da fiel ihr der schwarze Mercedes Geländewagen von Robert auf. Sie hielt in dem kleinen Waldstück an und fand ein wenig später auch den getarnten Pick-Up. >> Merkwürdig? << dachte sie. >> Warum tarnt jemand auf La Palma sein Auto? <<

Sie freute sich aber darauf Robert wieder in ihre Arme nehmen zu können und überlegte kurz in welche Richtung er gegangen sein könnte? Sie erinnerte sich an ihr reges Gespräch zu ihrer geologischen Theorie und bewegte sich deshalb instinktiv auf den Cumbre Vieja zu. Natürlich hatte sie als erfahrene Wanderin auf der Insel feste Wanderschuhe angezogen und kam deshalb ordentlich und sicher voran.

Kurz bevor Robert das Waldstück verlassen wollte spürte er den dumpfen Schlag auf seinen Hinterkopf und dann wurde es plötzlich schwarz um ihn.

Als er mit furchtbaren Kopfschmerzen langsam wieder zu sich kam, befand er sich auf dem Rücken liegend auf einer kleinen Lichtung. Er tastete mit der rechten Hand an seinen Hinterkopf wo er eine leicht blutende und heftigst schmerzende Platzwunde fühlte. >> Keine Dummheiten Mister << sagte ein sichtlich angespannter Araber mit furchtbarem Akzent auf Englisch zu ihm, der 3 Meter entfernt auf dem Boden saß und ihn dabei mit einer Beretta Automatic ständig in Schach hielt. Mit der linken Hand suchte Robert sehr vorsichtig hinter sich, aber er fand den Rucksack nicht. Er musste ihn bei dem Sturz in dem Waldstück verloren haben. In dem

Rucksack hatte er die P 7 sicher verstaut. >> Zu sicher << wie er nun selber feststellen musste.

>> Wissen sie... Mister... warum sie noch leben? << fragte der Araber, dessen stechender Blick selbst auf einen so erfahrenen Beamten wie Robert Eindruck machte. >> Ich habe wirklich keine Ahnung was hier los ist? << log Robert und wollte sich dabei als harmloser deutscher Wanderer ausgeben.

Jamal erwiderte falsch lächelnd >> Ich möchte nur wissen was Du gesehen hast und was Du womöglich weißt? ...nur deshalb lebst Du Bastard noch. << Robert schaute nun verängstigt, was angesichts der Lage in der er sich momentan befand nicht schwierig war. >> Ich habe nichts gesehen und weiß auch gar nicht was sie von mir wollen. Mitten auf meiner Wanderung haben sie mich wohl niedergestreckt. Was wollen sie von mir? Geld? Bitte nehmen sie sich alles. In meiner Gesäßtasche finden sie meine Geldbörse. << Jamals Augen funkelten nun noch böser. >> Das könnte Dir so passen, das ich nun dicht an dich herantrete um nach deiner Geldbörse zu suchen...daraus wird aber nichts. Du wirst nun sterben! <<

Robert musste schlucken und für einen Augenblick dachte er an Anne und seine Tochter Klara. Er würde beide niemals wieder sehen. >> Wird hier alles enden? << dachte er, als Jamal aufstand und mit der Waffe auf seinen Kopf zielend auf ihn zukam.

Als Jamal nur noch 30 cm von Roberts Füßen entfernt war passierte es. Robert hatte ein wenig Erde mit der rechten Hand aufgenommen und warf diese dem Araber unvermittelt ins Gesicht.

Gleichzeitig rollte er sich, so schnell es ging nach links, so dass der Schuss nur 3 cm an seinem Körper vorbei in die Erde prallte. >> Ich muss an meine Waffe kommen << schoss es ihm durch den Kopf, als er in Richtung der Waldes spurtete um an seine P 7 zu gelangen. Wohlwissend, das die Chance das der Araber ihn nun traf höher war, als die das er entkam. Er hörte wie Jamal fluchend auf ihn zielte und gerade als er den finalen Schuss erwartete tauchte Anne wie ein Gespenst aus dem Waldstück auf, dabei die P 7 fest in der Hand. Anne hatte im Kiefernwald Roberts Rucksack samt Waffe gefunden und konnte aus sicherer Entfernung Jamals Ankündigung der Exekution hören. Dann schoss sie dreimal. Der erste Schuss traf den völlig überraschten Jamal in den linken Oberschenkel, so dass er ein wenig einknickte. Instinktiv versuchte er an den Funkauslöser für die Sprengung zu kommen, den er kurz weggelegt hatte um Robert zu töten. Der zweite Schuss traf ihn in der Lebergegend und der dritte Schuss zerfetzte seine rechte Lungenhälfte. Jamal brach Blut spuckend und keuchend auf der Lichtung zusammen, unfähig einen zweiten Schuss abzugeben.

>> Eine Frau tötet mich...ich kann es nicht glauben...eine Frau << dachte er, als seine großen inneren Blutungen schnell zu einer Ohnmacht führten und es Nacht wurde um ihm. Robert starrte ungläubig auf die sich ihm bietende Szene. Eine schlagartig nun zitternde Anne stand immer noch mit der Waffe im Anschlag vor ihm. Tränen liefen ihr dabei über das Gesicht. Der Araber lag in sich zusammengesackt und stark blutend auf der Lichtung und hatte dabei die Beretta immer noch fest umklammert als wenn er sich an ihr festhalten müsste. Robert bewegte sich auf den Terroristen zu und nahm ihm die Waffe ab. Dann ging er auf Anne zu die wie zu einer Salzsäule erstarrt schien. >> Ist er tot? << schluchzte sie leise als er auf sie zuging. Er nahm ihr die Waffe aus der Hand und dann musste er sie einfach fest an sich drücken.

>> Ja, er ist tot << antwortete Robert ruhig, als er ihr zärtlich dabei über ihr Haar strich. Ein großes Gefühl

der Dankbarkeit und auch des Mitgefühls durch-
strömte ihn dabei. >> Du hast mein Leben gerettet....Danke << flüsterte er leise. Sie schaute ihn an
>> Was ist hier eigentlich los? << In diesem Moment
konnten sie beide die mächtigen Rotorblätter des
See King hören, der das KSK Team auf der Lichtung
absetzte. Drei Soldaten sicherten sofort den Sprengstoff und die Zündmechanismen, einer bewachte den
Leichnam und Bernd Buck sowie ein weiterer Feldwebel gingen auf Anne und Robert zu. >> Sind sie
Robert Manderscheidt ? << fragte Oberfeldwebel
Buck. Anne schaute nun völlig verwirrt zu Robert
herüber. >> Ja, der bin ich. Den Araber dort hat die
Dame hier ausgeschaltet sonst wäre ich nun nicht
mehr am Leben << sagte Robert und zeigte dabei
auf den Leichnam Jamals. >> >> Wir wissen Be-
scheid...die Drohne hat alles übermittelt...aber wir
waren leider ein paar Minuten zu spät << entgegnete
Buck. Robert sah in Annes traurige Augen und fühlte
sich nun noch hilfloser als in dem Moment als er dem
bewaffneten Araber schutzlos ausgeliefert war. >>
Tun sie mir einen Gefallen Herr Oberfeldwebel? <<
fragte er in Bucks Richtung. >> Bitte geben sie mir
etwas Zeit mit der Dame...ich habe einiges zu erklären <<. Der Oberfeldwebel lächelte und antwortete

>> Kein Problem, ich glaube wir alle schulden ihnen etwas...nehmen sie sich alle Zeit der Welt. Wir werden den Mist hier schon wegräumen und alles säubern. Ist versprochen! << Als die beiden Soldaten sich bereits umdrehen wollten rief Robert ihnen zu >> Bitte richten sie Gabi Körner aus das ich morgen ausführlich berichten werde. Ich nehme mir den Rest des Tages frei <<.

Dann schaute er Anne in die Augen, die immer noch wie paralysiert diese merkwürdige Szenerie anstarrte. >> Komm Anne, wir fahren ins Hotel. Ich werde Dir auf dem Weg alles versuchen zu erklären.

Beim gemeinsamen Fußmarsch zu ihren Autos schwiegen beide. Es war keines dieser unangenehmen Schweigen, sondern mehr eine gegenseitig vereinbarte Stille zwischen ihnen.

Sie konnte später gar nicht sagen warum sie es tat, sie stieg aber einfach bei ihm ein. Auf der langsamen und ruhigen Fahrt stellte er sich ihr mit seinem richtigen Namen vor und erklärte dabei auch für welche Behörde er in Deutschland arbeitete und was sein Auftrag auf der Insel La Palma gewesen war. Dabei vergaß Robert nicht darauf hinzuweisen, wie unangenehm ihm das Spiel mit seinem Deckidentität war und das seine Gefühle Anne gegenüber immer spontan und ehrlich gewesen waren. Auch seine private Situation, mit der schmerzhaften Trennung vor drei Jahren von seiner Exfrau und Tochter, vergaß er dabei nicht. Anne saß schweigend neben ihm und schaute ihn nur an, als wolle sie feststellen was für ein Mensch er nun wirklich war? Sie spürte einen tiefen stechenden Schmerz in ihrem Herzen darüber, das er sie bezüglich seiner Person belogen hatte. Lügen waren Anne bereits ihr ganzes Leben ein Gräuel. Als sie im Hotel angekommen waren kannte Anne die ganze Geschichte, angefangen von dem Abend, als Robert in seinem Büro über einer Akte des BKA saß.

Als sie aus dem Fahrzeug ausstiegen sagte Anne leise >> Ich möchte heute Nacht nicht alleine sein. Sei einfach für mich da…bitte…mir ist kalt. <<

Die ganze Nacht lagen sie eng aneinander gekuschelt auf ihrem Bett und erzählten sich Momente aus ihren beiden Leben. Dabei waren sie sich so nah wie sich zwei Menschen nur sein können.

Als Robert spät in der Nacht einschlief setzte sie sich in den Sessel und beobachtet das riesige männliche Wesen, das nun so friedlich in ihrem Bett schlief, für mehr als eine Stunde.

>> Dieser Mann ist verantwortlich für die Schlimms-
ten und die Schönsten Momente in meinem Leben
<< dachte sie dabei.

>> Ich brauche Zeit und Abstand und muss nach-
denken was ich will? << ging ihr ebenfalls durch den
Kopf, als sie anfing ihren Koffer zu packen und noch
in der gleichen Nacht mit einem Taxi abreiste, um die
6:30 Uhr Maschine nach London zu nehmen. Sie
bezahlte im Hotel auch den Leihwagen und erklärte
dass dieser mit einer Panne auf der LP-02 liegen
geblieben sei.

Es war Dienstagabend und Robert saß in Enzos Restaurant vor einem Teller würzig duftender Spagetti alla Rabiata. Leise lief Eros Ramazotti mit „Musica es" als Hintergrundmusik. Er schaute kurz auf die Straßen und sah die vielen Menschen die im vorweihnachtlichen Berlin, bepackt mit Weihnachtsgeschenken und Taschen, geschäftig hin und her liefen und nichts von den Geschehnissen auf La Palma im September wussten. Keine einzige Schlagzeile davon durfte an die Öffentlichkeit kommen, so hatte es die Politik entschieden aus Angst vor einer Panik und Nachahmungstätern. Der „Held" von La Palma wurde von niemandem gefeiert. Selbst auf seiner Dienststelle wussten nur sehr wenige was passiert war. Wieder einmal dachte er, wie an jedem Tag zuvor seit La Palma, an Anne. >> Welchen hohen Preis ich für La Palma bezahlt habe << dachte Robert, als er mit der Gabel anfing Kreise in die Spagettis zu drehen. Robert graute es vor den anstehenden Feiertagen und der Sylvesternacht, die er wie meistens alleine oder mit seiner Tochter verbringen würde.

>> Ich werde sie in London suchen…sobald ich ein paar freie Tage habe << dachte er, ohne zu wissen, das er sie schneller wieder sehen würde als er es in

seinen kühnsten Vorstellungen zu träumen gewagt hätte. Aber das ist dann eine andere und neue Geschichte.